Edition Akzente

Yiyun Li

Lieber Freund, aus meinem Leben schreibe ich dir in deines

Roman

Aus dem Englischen
von Anette Grube

Carl Hanser Verlag

Die amerikanische Originalausgabe erschien 2017
unter dem Titel *Dear Friend, from My Life I Write to You in Your Life*
bei Penguin Random House in New York.

1. Auflage 2018

ISBN 978-3-446-25827-3

Umschlag: Peter-Andreas Hassiepen, München
Motiv: © R. Kikuo Johnson
Satz: Angelika Kudella, Köln
Druck und Bindung: Friedrich Pustet, Regensburg
Printed in Germany

FSC
www.fsc.org
MIX
Papier aus verantwortungsvollen Quellen
FSC® C014889

Dieses Buch ist Teil einer Konversation
mit Brigid Hughes.

Es gibt keine Leiter hinaus aus irgendeiner Welt; jede Welt ist randlos.

Amy Leach, *Things That Are*

Sie hatte schon immer gern schlafende Menschen geweckt; und außer jemanden zu töten oder auf die Welt zu bringen, ist es ja tatsächlich die größte Veränderung im Zustand eines Mitmenschen, die wir herbeiführen können.

Rebecca West, *This Real Night*

Inhalt

Lieber Freund, aus meinem Leben schreibe ich dir in deines

1.

Zum ersten Mal begegnete ich *Vorher und nachher* in einer Modezeitschrift, die ich auf den Rat von Freundinnen hin pflichtbewusst abonniert hatte, als ich nach Amerika kam. Damals übte Amerika eine anthropologische Faszination auf mich aus. Ich hatte nie zuvor ein Hochglanzmagazin gesehen und fragte mich angesichts der Qualität von Papier und Druck, ganz zu schweigen von dem Schatz an Parfums, die darauf warteten, sich zu entfalten, wie es der Zeitschrift gelang, Profit zu machen in Anbetracht der Tatsache, dass ich nur einen Dollar je Ausgabe zahlte.

Mein Lieblingsbeitrag befand sich auf der letzten Seite und behandelte stilistische Umwandlungen von berühmten Personen – Frisur und Haarfarbe zum Beispiel –, illustriert mit jeweils einem Bild vorher und nachher. Meistens hatte ich keine Meinung zu der Veränderung selbst, doch mir gefiel die Bestimmtheit der Ausdrucksweise, vorher und nachher, bei der nichts das Dazwischen verunstaltete.

Auch nach Jahren in Amerika empfinde ich noch immer kurz so etwas wie ein Hochgefühl, wenn ich auf Anzeigen für Diäten, Zahnbleaching-Streifen, Haarausfallkuren oder sogar Schönheitsoperationen mit den Unterschieden zwischen vorher und nachher stoße. Die Entschiedenheit der Behauptung – für jede missliche oder unangenehme Situation gibt es eine Lösung, die sie zum Verschwinden bringt – fasziniert und verwirrt mich gleichermaßen. Das Leben kann neu eingerichtet werden, suggeriert sie; Zeit kann auseinanderdividiert werden. Doch um eine andere Person zu werden, erscheint mir dieses Rezept so zweifelhaft wie der Umzug an einen anderen Ort: Eine andere Gegend ist bestenfalls eine Ablenkung oder aber ein neues Umfeld für alte Gewohnheiten. Was man von einem geografischen und temporären Ort zum anderen mitnimmt, ist das eigene Selbst: Auch die widersprüchlichste Person ist durchgängig sie selbst.

2.

Vor ein paar Jahren, als ich gerade mein Büro verlassen wollte, um zu unterrichten, rief mich eine Bekannte an, die auf der anderen Seite des Landes, in New Hampshire, lebte. Sie war gerade in einer Stadt in der Nähe. Ich sprach keine zwei Minuten mit ihr, bevor ich meinen Mann bat, sie aufzusuchen. Er verbrachte zwölf Stunden mit ihr, sagte ihre Geschäftstermine ab und schickte sie zurück nach Hause. Zwei Wochen später rief ihr Mann an und teilte mit, dass sie am Sonntagabend aus dem Fenster ihres Büros gesprungen war. Er bat mich, zu ihrem Gedenkgottesdienst zu kommen; ich überlegte lange und beschloss, nicht hinzufliegen.

Unsere Erinnerungen sagen mehr über das Jetzt als über das Damals. Zweifellos ist die Vergangenheit real; dafür gibt es keinen Mangel an Beweisen: Fotos, Tagebücher, Briefe, alte Koffer. Doch wir selektieren aus der Fülle an Beweisen das, was uns im Augenblick passt. Es gibt viele Möglichkeiten, die Vergangenheit mit uns herumzutragen: sie zu romantisieren, sie für ungültig zu erklären, sie mit überarbeiteten oder vollkommen erfundenen Erinnerungen auszustatten; die Gegenwart lässt sich nicht so leicht manipulieren.

Ich möchte nicht, dass die Gegenwart ein Urteil über die Vergangenheit fällt, deswegen möchte ich auch nicht über meine Abwesenheit bei ihrer Beerdigung nachdenken. Wir waren in etwa zur gleichen Zeit in dieses Land gekommen. Als ich ihr erzählte, dass ich die Wissenschaft aufgeben wollte, um Schriftstellerin zu werden, schien sie neugierig, aber ihr Mann hielt es für einen gravierenden Fehler. »Warum willst du dir das Leben schwermachen?«, fragte er.

3.

Ich habe ein schwieriges Verhältnis zur Zeit. Der Vergangenheit kann ich nicht trauen, weil sie von meiner Erinnerung verzerrt sein könnte. Die Zukunft ist hypothetisch und muss mit Vorsicht behandelt werden. Die Gegenwart, was ist die Gegenwart wenn nicht eine beständige Prüfung: In diesem ungeordneten Dazwischen kämpft man darum zu verstehen, was man an sich selbst verändern, was man akzeptieren und was man bewahren muss; handelt man falsch, besteht man die Prüfung scheinbar nie, und das Danach bleibt unerreichbar.

4.

Nach dem zweiten meiner beiden Krankenhausaufenthalte ging ich während einer schwierigen Phase regelmäßig zu einem Treffen für Menschen, deren Leben auseinandergebrochen war. Oft sagte jemand – weinend, zitternd oder trockenen

Auges –, dass er oder sie wünschte, die Zeit zurückspulen und alles richtig machen zu können.

Auch ich wünschte, dass das Leben neu eingerichtet werden könnte, aber von welchem Zeitpunkt an? Von jedem Zeitpunkt konnte ich zu einem früheren zurückgehen: Warnzeichen übersehen, Fehler angehäuft, doch es war zwecklos, das zu tun, weil es meist damit endete, dass ich mir inbrünstig wünschte, nie geboren worden zu sein.

Die meiste Zeit schwieg ich, bis man mir sagte, dass ich auswich und keine Fortschritte machte. Aber meine Leiden waren Privatsache, dachte ich; wenn ich sie verstehen und artikulieren könnte, hätte ich überhaupt nicht kommen müssen.

Möchtest du uns etwas mitteilen, wurde ich aufgefordert, als ich wenig zu bieten hatte. Da hatte ich bereits das Gefühl, jegliche Hoffnung verloren zu haben: Ich sah durch die Drehtür neue Leute hereinkommen und alte Teilnehmer in die Welt hinausgehen; ähnliche Geschichten wurden mit der gleichen Zerknirschung und Verzweiflung erzählt; ich hörte die Vorträge zum dritten Mal. Was, wenn ich für alle Zeit in diesem Kellerraum festsäße? Ich brach zusammen und spürte einen kollektiven Seufzer: Meine Tränen schienen der Beweis, dass ich endlich bereit war zu kooperieren.

Ich hatte nur unsichtbar bleiben wollen, aber Unsichtbarkeit ist überall ein Luxus.

5.

Mein ganzes Leben lang wurde ich gefragt: Was verbirgst du? Die Frage verwundert mich, weil ich nicht weiß, was ich verberge, und je mehr ich es bestreite, umso weniger vertrauen mir die Leute. Meine Mutter kommentierte Gästen gegenüber meine angeblichen Heimlichkeiten. Die Frau am Eingang des öffentlichen Badehauses stellte mich oft zur Rede und fragte, was ich ihr verheimliche; nichts, sagte ich, und sie meinte, sie sehe meinen Augen an, dass ich lügen würde.

Schweigsamkeit ist ein naturgegebener Zustand; er hat nichts mit Verheimlichen zu tun. Die Menschen zeigen sich nicht leicht und in gleichem Maße allen anderen.

Wenn man etwas verheimlicht, ist man einsamer, als wenn man zurückhaltend ist.

6.

In China gibt es fünf Zeitzonen, doch im Land gilt eine einheitliche Zeit – Peking-Zeit. Zur vollen Stunden senden alle Radiosender sechs Pieptöne, um sieben Uhr gefolgt von der feierlichen Ansage: »Beim letzten Ton war es Punkt sieben Uhr Peking-Zeit.« Diese Erinnerung ist verlässlich, denn sie gehört nicht nur mir, sondern Generationen von Chinesen, Millionen von uns: Um sieben Uhr wurden die Pieptöne und die Ansage über Lautsprecher in jede Volkskommune, Schule, Militärkaserne und in jeden Wohnblock übertragen.

Doch jenseits dieser Beständigkeit ist die Zeit sowohl aufdringlich als auch nicht zu fassen. Sie lässt uns nicht einmal in den intimsten Augenblicken in Ruhe: Bei jedem Gedanken und Gefühl fordert die Zeit ihren Platz. Wenn wir von Unschlüssigkeit sprechen, haben wir Angst davor, etwas Gegenwärtiges zu versäumen. Wenn wir davon sprechen, etwas hinter uns zu lassen – was für ein triumphaler Ausdruck –, heißt das, dass wir die Vergangenheit abschneiden. Wenn man von der Zeit Freundlichkeit erwartet, verflüchtigt sie sich höhnisch oder, schlimmer noch, gleichgültig. Wer von uns hat nicht schon einmal zu anderen oder sich selbst gesagt: Wenn ich nur ein bisschen mehr Zeit hätte …

7.

Man verheimlicht etwas aus zwei Gründen: weil man es beschützen will oder sich dafür schämt. Und diese beiden Möglichkeiten sind nicht immer zu trennen. Wenn mein Verhältnis zur Zeit schwierig ist, wenn Zeit aufdringlich und nicht zu fassen ist, könnte es dann sein, dass ich nur mich selbst vor der Zeit verstecke?

Früher schrieb ich von Mitternacht bis vier Uhr morgens. Damals hatte ich kleine Kinder, mehrere Jobs (ich arbeitete mit Mäusen, mit totem Gewebe und unterrichtete *creative writing*) und den Ehrgeiz, das Schreiben von meinem *wirklichen* Leben getrennt zu halten. Wenn die meisten Menschen vom Schlaf durch die Nacht getragen wurden, ohne sich der Zeit, des Wetters bewusst zu sein, schwelgte ich in dem luxuriösen Gefühl, an der Schwelle zur Realität zu leben.

Für die tiefen Schläfer war die Nacht ein vor der Zeit schützender Kokon; ich wollte glauben, dass sie für mich noch etwas Besseres war: Nachts war die Zeit mein Besitz, nicht umgekehrt.

8.

Als ich 2008 nach Peking zurückkam, besuchte mich eine Freundin, und wir unterhielten uns über ihre Investitionen in Immobilien und unsere früheren Mitschüler, und eine halbe Stunde, nachdem sie die Wohnung meiner Eltern verlassen hatte, rief sie an: Sie hatte es nicht persönlich erwähnen wollen, doch ein Junge, der mir nahegestanden hatte, als wir Teenager waren, hatte gemeinsam mit seiner Freundin Selbstmord begangen.

Meine erste Reaktion war Verwunderung, dass meine Freundin gewartet hatte, bis wir uns nicht mehr von Angesicht zu Angesicht gegenübersaßen, um es mir zu erzählen. Meine nächste Reaktion war ebenfalls Verwunderung, weil ich das Gefühl hatte, mein Leben lang mit dieser Nachricht gerechnet zu haben.

Unser toter Freund hatte eine Affäre gehabt, und sowohl er als auch seine Freundin hatten eine schwierige Scheidung hinter sich, waren danach jedoch als Ehebrecher gemieden worden.

»Es wäre besser gewesen, er wäre nach Amerika gegangen«, sagte meine Freundin.

Warum?, fragte ich. Auf der Universität hatte er sich als Autodidakt und Designer gut geschlagen – in seinen Briefen schickte er mir oft aus Zeitungen und Zeitschriften ausgeschnittene, von ihm gestaltete Anzeigen für Markenkleidung, importierte Minzbonbons, Artikel aus Kaschmir. Er war jemand, der in der prosperierenden Wirtschaft des Landes ein gutes Leben hätte haben können.

Meine Freundin seufzte. »Du bist die Einzige, die noch weltfremder ist als er. Du solltest eigentlich wissen, dass China kein Land für Träumer ist.«

Meine Freundschaft mit dem Jungen bestand überwiegend aus Briefen. Es war eine andere Ära, als Gedanken und Gefühle noch mit der Post reisten, Dringlichkeit mit Telegrammen übermittelt wurde. Meine Familie hatte kein Telefon, bis ich auf die Universität ging; E-Mail kam viel später, als ich schon in Amerika war. Ich erinnere mich noch an die Zeit, als das Geräusch eines Motorrads die absolute nächtliche Stille unterbrach – nur ein Telegramm mit der Nachricht eines eingetretenen oder bevorstehenden Todesfalls konnte diese Störung verursachen. Briefe, vor allem solche mit vielen Marken darauf, hatten das Gewicht der Freundschaft.

Ich kann mich nur noch an wenige Dinge in diesen Briefen erinnern: dass er in der Schule in das Mädchen, das neben ihm saß, verliebt war; dass er ein tschechowsches politisch-satirisches Stück verfasste mit Gorbatschow und einem ostdeutschen General und einer losgehenden Pistole im 3. Akt – das war 1988, als der Kommunismus Teile Europas noch fest im Griff hatte; es war dasselbe Jahr, in dem wir uns zum letzten Mal sahen.

Aber ich erinnere mich daran, dass er, bevor er mit den profitablen Anzeigen ein Ventil für seine künstlerische Obsession fand, zahllose Automodelle entwarf und mit passenden Namen versah; zudem zeichnete er ein seltsames Sortiment von Pistolen, Gewehren, Raumfahrzeugen und Haushaltsgeräten und auch abstrakte Grafik: Alle Zeichnungen waren pedantisch ausgeführt, manchmal machte er fünf oder sechs Entwürfe, und ihre Einzelheiten erfüllten mich sowohl mit Ehrfurcht als auch mit Ungeduld.

Wenn ich sage, dass ich seinen Selbstmord erwartet hatte, heißt das vielleicht nur, dass ich meine Erinnerung revidiere. Es gibt keinen Grund, warum ein künstlerisch begabter und sensibler Junge kein glücklicher Mann werden könnte. Wo und wie etwas falsch lief in seinem Leben, weiß ich nicht, doch schon als Jugendliche fiel mir seine Niedergeschlagenheit auf, als ihm das Stück nur Spott einbrachte und die Ausstellung seiner Autoentwürfe ihn den Mitschülern entfremdete. Er war ein Mensch, der die anderen brauchte, um sich selbst lebendig zu fühlen.

9.

Eine Träumerin: Es ist das Letzte, was ich genannt werden will, sowohl in China wie auch in Amerika. Zweifellos dachte meine Freundin in Peking, als sie diesen Ausdruck gebrauchte, an Eigenschaften wie Hartnäckigkeit, Zielstrebigkeit, Eigenwilligkeit und – insbesondere – Weltfremdheit, wovon sie viel in mir erkannt haben musste. Selbst wenn man die Persönlichkeit eines Träumers und Träume hat, ist das keine Garantie dafür, dass man weiß, wie man träumt.

Die Frau in New Hampshire und ich waren wie viele von uns mit dem gleichen Ziel nach Amerika gekommen – ein neues Leben zu beginnen. Ich würde es nicht einen Traum nennen, noch nicht einmal ein ehrgeiziges Vorhaben. Sie war Wissenschaftlerin gewesen und hatte eine sichere Stelle bei einer biomedizinischen Firma. Ich war von diesem Weg abgewichen und hatte mich für einen Beruf entschieden, der Verbergen weniger praktikabel macht, so ich denn tatsächlich gewohnheitsmäßig etwas verberge.

Ich frage mich nicht, wie mein Leben verlaufen wäre, wäre ich in China geblieben: nicht wegzugehen war keine Option für mich. Ein Jahrzehnt lang war allem, was ich tat, ein konkretes *Nachher* aufgeprägt: An dem Tag, an dem ich in Amerika ankäme, würde ich ein anderer Mensch.

Aber es gibt noch die Möglichkeit, dass ich nie mit dem Schreiben angefangen hätte. Wäre ich Wissenschaftlerin geblieben, wäre ich dann anders geworden: ruhiger, weniger besorgt, vernünftiger? Hätte ich aufgehört zu verheimlichen, oder wäre ich besser darin geworden?

10.

Ein paar Monate, bevor mein Freund sich umbrachte, hatte er mich über das Internet gefunden. In seiner E-Mail erzählte er von seiner Scheidung, und ich schrieb ihm, dass ich die Wissenschaft für das Schreiben aufgegeben hatte. Er antwortete: »Ich gratuliere dir: Du warst schon immer eine Träumerin, aber Amerika hat deinen Traum erfüllt.«

Vor kurzem nannte mich auf der Bühne jemand ein Beispiel für den amerikanischen Traum. Sicherlich habe ich auch das getan: Ich habe eine Abbildung mit vorher und nachher von mir machen lassen. Die Veränderung ist jedoch oberflächlich und trügerisch wie Werbung auf dem Heck eines Busses.

Die Zeit wird es zeigen, sagen die Leute, als hätte die Zeit immer das letzte Wort. Vielleicht wehre ich mich nur gegen diese Vorstellung, so wie ich mich gegen die wehre, die nach der Macht streben, das letzte Wort über andere zu sprechen.

11.

Ich hätte mich gern eine Träumerin nennen lassen, hätte ich gewusst, wie man träumt. Das Gefühl, ein Hochstapler zu sein, ist ein natürliches Gefühl, das viele Leute kennen, und diejenigen, die sich nicht bisweilen so vorkommen, finde ich nicht vertrauenswürdig. Es würde mir nichts ausmachen, für vieles gehalten zu werden, was ich nicht bin: schüchtern, fröhlich, kalt, aber ich möchte nicht als Träumerin bezeichnet werden, wenn ich es tatsächlich nicht bin.

12.

Was ich bei Träumern bewundere und respektiere: das Vertrauen in die eigenen Fähigkeiten, die Unempfänglichkeit für das Unseriöse und die Zuversicht, dass das Gute und Wahre triumphieren und überdauern werden. Träumer sind keine Egoisten, Blender oder Sonderlinge; im Alltag gehen sie eher unter, als dass sie auffallen, doch das ist nicht Verstecken. Ein echter Träumer muss auf die Zeit vertrauen.

Abgesehen davon, dass ich mich nicht für eine Träumerin halte, möchte ich auch nicht als jemand angesehen werden, der sich zwar Träumerin nennt, tatsächlich aber nur ehrgeizig ist. Man begegnet ihnen oft im Leben, und ihre Ambitionen sind kleiner als Träume, gewöhnlicher, die bekannt gemacht werden müssen und abhängig sind von der Verwirklichung in dieser besonderen Zeit. Verursachen sie anderen Leid, haben sie keine Probleme, diesen Schaden als den Preis für ihre Träume abzuschreiben. Zeitgebundenheit ist vielleicht das, was Ambitionen von echten Träumen unterscheidet.

13.

Die Frau in New Hampshire war weder eine Träumerin noch ambitioniert. Sie hatte auf ein solides, unaufgeregtes Leben in einer amerikanischen Vorstadt gehofft, doch Einsamkeit musste ihr Leben in eine Wüste verwandelt haben.

Mein toter Freund in Beijing war ehrgeizig, weil er seine Talente erkannt hatte; zudem hatte er Träume. Ich musste einst Bestandteil seines Traums gewesen sein – warum sonst hätte er mir geschrieben, wenn er nicht die Nähe zu einer anderen Träumerin gesucht hätte.

14.

Ich kam als aufstrebende Immunologin in dieses Land. Ich hatte mich für dieses Gebiet entschieden – wenn man den Wunsch außer Acht lässt, China verlassen zu wollen, und einen Beruf zu haben, mit dem ich meinen Lebensunterhalt verdienen konnte –, weil mir die Funktionsweise des Immunsystems gefällt: Seine Aufgabe ist es, alles, was körperfremd ist, aufzuspüren und anzugreifen; es hat ein Gedächtnis, manche Erinnerungen bleiben lebenslang erhalten; sein Gedächtnis kann Fehler machen, selektive oder, schlimmer, unterschiedslose, und das System veranlassen, sich selbst mit etwas Fremdem zu verwechseln, als etwas, was zu eliminieren ist. Das Wort *immun* (aus dem Lateinischen *immunis, in- + munia,* Leistungen) ist eins meiner Lieblingsworte im Englischen, Immunität – gegen Krankheit, Dummheit, Liebe, Einsamkeit, quälende Gedanken und nicht zu lindernde Schmerzen – ist eine Eigenschaft, die ich mir für meine literarischen Gestalten und für mich selbst gewünscht habe, wohl wissend, dass der Wunsch vergeblich ist: Nur die Leblosen sind immun gegen das Leben.

15.

Intuitiv strebt man nach Immunität gegenüber zwei Typen von Menschen: diejenigen, die die eigenen Überzeugungen bestätigen, und diejenigen, die sie in nichts verwandeln. Letztere sind Raubtiere, die unser Herz zerreißen, erstere machen wir zu Feinden, weil wir im Gegensatz zu anderen Spezies in der Lage sind, unser unsicheres Selbst nicht nur aufzublasen, sondern auch zu verkleinern.

16.

Als ich diesen Aufsatz zu schreiben begann, hatte ich die Vorstellung, dass ich damit Gedanken über die Zeit testen, analysieren könnte. Ich hatte sogar eine Vision des *Nachher*, wenn sich meine Verwirrung aufgelöst hätte.

Wissenschaftliche Tests sind Teil endloser Forschung: Eine Frage führt zur nächsten; was folgt, bestätigt oder widerlegt, was zuvor kam. Die eigenen Vorstellungen zur Zeit zu analysieren, während die Zeit selbst unbeständig und unfassbar bleibt, kommt einem vergeblich vor: Wenn man glaubt, eine Facette der Zeit zu verstehen, präsentiert sie eine andere, die die Beweisführung wieder unterminiert.

Über einen Kampf zu schreiben, während man kämpft: Man kann nur hoffen, dass die Verwirrung eines Tages enden wird.

17.

»Aber was willst du denn noch? Du hast eine Familie, einen Beruf, ein Haus, ein Auto, Freunde und einen Platz in der Welt. Warum bist du nicht zufrieden? Warum bist du nicht stark?« Diese Fragen stellt unter anderen meine Mutter.

In das Krankenhaus, in dem ich lag, kam eine hoheitsvolle psychologische Betreuerin: perfekter Lippenstift, glänzendes lockiges Haar, bunte Blusen und dazu passende flache Schuhe. »Junge Frau«, sagte sie jedes Mal, wenn sie mich sah. »Verlieren Sie Ihr Lächeln nicht.«

Ich hatte sie gemocht und mochte sie noch immer, auch nachdem sie mein spirituelles Leben in Frage gestellt hatte. Ich verstand, dass ihr mein gottloser Zustand Sorgen bereitete und mein Wohlverhalten mich zu einem guten Projekt machte. »Hören Sie nicht auf sie«, sagte meine Bettnachbarin, eine schwarze Buddhistin. »Sie hat einen evangelikalen Hintergrund.«

Ich beruhigte sie. Dass man mir Predigten hielt, kümmerte mich nicht.

Dann hatte ich einen schwierigen Tag. Beim Abendessen fragte die hoheitsvolle Frau: »Junge Frau, warum haben Sie heute geweint?«

»Ich bin traurig.«

»Wir wissen, dass Sie traurig sind. Aber ich würde gern wissen, warum Sie traurig sind.«

»Kann man mich in meiner Traurigkeit nicht einfach in Ruhe lassen?«, sagte ich. Die Frauen am Tisch lächelten ihre Teller an: Das brave Mädchen hatte einen Wutanfall.

18.

Was macht uns traurig? Was macht uns zornig? Was veranlasst uns, die schönen Dinge in unserem Leben und unsere Verantwortung anderen gegenüber zu vergessen? Wir verstecken uns vor Leuten, die diese unbeantwortbaren Fragen stellen, nur um uns selbst das Gleiche wieder und wieder zu fragen.

»Ich weiß, Sie möchten nicht, dass ich Sie frage, warum Sie hier sind«, sagte meine Bettnachbarin im Krankenhaus. »Aber können Sie beschreiben, wie Sie sich fühlen? Ich habe keine Worte dafür.«

Mehrere Frauen lagen nacheinander bei mir im Zimmer – eine andere Drehtür –, aber die letzte mochte ich. Sie war in einer afroamerikanischen Mittelschichtfamilie im Staat New

York aufgewachsen und das einzige adoptierte Kind unter sechs Geschwistern. Sie heiratete aus Liebe, doch an ihrem Hochzeitstag wurde ihr klar, dass sie den größten Fehler ihres Lebens begangen hatte. »Während des ganzen ersten Tanzes hat er mich nicht einmal angeschaut«, sagte sie. »Er hat jedem Gast ins Gesicht gesehen, damit nur alle wussten, dass es seine Show war.«

Als sie mir die Geschichte erzählte, war ihr Mann übergewichtig, durch Schlaganfälle gelähmt und aufgrund von Diabetes blind. Sie pflegte ihn gemeinsam mit einer Krankenschwester; sie sahen nur alte Filme im Fernsehen, weil er sich an die Wortwechsel erinnerte. Dennoch, so sagte sie, war sie wütend, weil es bei allem in ihrem Leben nur um ihn ging.

Ich fragte sie, ob sie je daran gedacht hatte, ihn zu verlassen.

Sie antwortete, dass sie während ihrer Ehe immer wieder daran gedacht hatte, aber sie würde es nicht tun. »Ich möchte nicht, dass meine Kinder mit der Vorstellung aufwachsen, dass man jemanden in diesem Zustand im Stich lassen kann.«

Und doch hatte sie versucht, sich umzubringen – sie hätte sowohl ihren Mann als auch ihre Kinder verlassen. Aber das sagte ich nicht, weil es genau das war, was viele Leute über eine Situation wie ihre sagen würden. Man muss ein starkes Selbst haben, um egoistisch zu sein.

19.

In mir ist diese Leere. Alle Dinge auf der Welt reichen nicht aus, um die Stimme dieser Leere zu übertönen, die sagt: Du bist nichts.

Diese Leere beansprucht die Vergangenheit nicht für sich, denn sie ist immer da; sie muss die Zukunft nicht für sich beanspruchen, weil sie die Zukunft versperrt. Entweder ist sie ein Diktator oder die beste Freundin, die ich je hatte. An manchen Tagen kämpfe ich dagegen, bis wir beide wie verletzte Tiere am Boden liegen. Dann frage ich mich: Was, wenn ich weniger als nichts werde, wenn ich diese Leere hinter mir lasse? Was, wenn es diese Leere ist, die mich weiterleben lässt?

20.

An einem anderen Tag sagte meine Bettnachbarin, ihr sei aufgefallen, dass ich verstumme, wenn sie über den Buddhismus spreche. »Ich meine nicht als Religion. Sie könnten zum Beispiel versuchen zu meditieren.«

Ich erzählte ihr nicht, dass ich von meinem zwölften bis zu meinem dreiundzwanzigsten Lebensjahr buddhistische Schriften gelesen hatte. Die Lehre des Nicht-Seins in diesen Texten – für eine sehr lange Zeit waren das die tröstlichsten Worte, weil sie die Intensität der Leere abschwächten.

Mein Vater hat mir beigebracht zu meditieren, als ich elf war. Stell dir einen Eimer in deinen Armen vor, sagte er zu mir und bat mich, zuzuhören, wie Wasser in den Eimer tropfte, und wenn er voll war, wie das Wasser unten wieder heraustropfte. »Von leer zu voll, und von voll zu leer.« Er unterstrich die Sätze in einem Buch für mich. »Das Leben vor der Geburt ist ein Traum, das Leben nach dem Tod ist ein Traum. Was dazwischenliegt, ist nur die Fata Morgana der Träume.«

21.

Mein Vater ist der fatalistischste Mensch, den ich kenne. Letztes Jahr gab er in einem Gespräch mit mir zu, dass er in seiner Ehe nicht einen Tag des Friedens erlebt hatte, und er bedauerte, dass er meine Schwester und mich nie vor unserer Mutter beschützt hatte, die der Familiendespot ist, unvorhersehbar sowohl in ihrer Herzlosigkeit wie auch in ihrer Verletzlichkeit.

Doch in Wahrheit hat er versucht, uns seinen Fatalismus einzuimpfen, weil nur Fatalismus uns schützen konnte. Jahrelang habe ich mich dahinter versteckt: Fatalismus, nach dem man süchtig ist, kann einen gelassen, kompetent, sogar glücklich aussehen lassen.

22.

Eine Zeitlang las ich Katherine Mansfields Tagebücher, um mich abzulenken. »Lieber Freund, aus meinem Leben schreibe ich dir in deines«, schrieb Mansfield in einem Eintrag. Ich musste weinen, als ich diese Zeile las. Sie erinnert mich an den Jungen von vor vielen Jahren, der nicht aufhören konnte, mir in seinen Briefen die Entwürfe seiner Träume zu schicken. Es erinnert mich auch daran, warum ich nicht aufhören will zu schreiben: Sagen die Bücher, die man schreibt – beendete, in Arbeit befindliche und zukünftige – nicht das Gleiche: *Lieber Freund, aus meinem Leben schreibe ich dir in deines.* Was für ein langer Weg es ist von einem Leben zu einem anderen: Doch warum schreiben, wenn nicht wegen dieser Distanz; wenn man Dinge auf sich beruhen lassen kann, kann jedes Vorher von einem Nachher ersetzt werden.

23.

Es ist nicht Fatalismus, der einen die Hoffnung verlieren lässt, das verstehe ich jetzt. Es ist die Rebellion gegen diesen Fatalismus; es ist der Wunsch, die Zeit vom Fatalismus zurückzufordern.

Ein fatalistischer Mensch kann nicht jener Träumer sein, der ich immer noch eines Tages werden will.

24.

»Der Zug hielt an. Wenn ein Zug auf dem offenen Land zwischen zwei Bahnhöfen stehen bleibt, ist es unmöglich, den Kopf nicht aus dem Fenster zu stecken und nachzusehen, was los ist«, schrieb Mansfield gegen Ende ihres Lebens. Das ist die Unvermeidlichkeit des Lebens: Der Zug bleibt aus uns unbekannten Gründen immer zwischen der Vergangenheit und der Zukunft stehen, und beide lassen das *Jetzt* aussehen, als wäre es nirgends. Aber es ist dieses Nirgendssein, aus dem man Nutzen ziehen muss. Man schaut zum Fenster hinaus: Die Reisfelder und die Alfalfafelder sind längst vorüber, jetzt sind dort Weinberge und Mandelbäume. Man hat es bis hierher geschafft; vielleicht ist das Grund genug, um weiterzureisen.

Unter Menschen

Als ich in County Leitrim ankam, herrschte in ganz Irland eine Hitzewelle. Jeder, mit dem ich zu tun hatte – der Mann, der die Pässe kontrollierte, die Frau, die mich von Dublin durch das Land fuhr, der Mann am Empfang des Hotels, der mir einen bronzenen Schlüssel mit Quaste reichte –, kommentierte das ungewöhnliche Wetter. Kurz nachdem ich eingecheckt hatte, traf ich einen Stadtrat und einen Fotografen in der Lobby, und auch sie sprachen über die Hitze.

Kinder unterhalten sich im Gegensatz zu älteren Menschen nicht über das Wetter. Für sie ist es eine Tatsache, die einzig und allein die Gegenwart betrifft. Wird das Wetter so oft auf Smalltalk reduziert, weil es für so viel stehen kann? Das Wetter verortet Erfahrung in der Zeit: Es färbt eine Stimmung, die mit einer Erinnerung verknüpft wird, es ist eine Variable oder eine Konstante im Vergleich von Jetzt und Damals. Zwei Tage später fand eine Hochzeit im Hotel statt. Die Braut hat Glück, sagten die Leute, da das gute Wetter noch immer andauerte, und mir war klar, dass sie sich noch Jahre später daran erinnern würden.

In einem Eckladen kaufte der Fotograf, ein Mann in den Sechzigern, einen Wettschein und drei Kugeln Eis in der Waffel. Ich versuchte abzulehnen, aber er wollte nichts davon hören – das Eis sei das Beste und koste nur einen Euro pro Kugel, sagte er. Wir kletterten über eine Backsteinmauer zu einem privaten Bootssteg. *Betreten verboten*, warnte ein Schild. Sie sollten aussehen, als wären Sie in Ihre Lektüre vertieft, sagte der Fotograf und wies mich an, die Beine über dem Wasser baumeln zu lassen, mir das Buch aufgeschlagen in den Schoß zu legen und das Eis zu vergessen. Jetzt wenden Sie sich mir zu und lächeln, County Leitrim soll sehen, wie zufrieden unser Gast ist. Es war Ende Mai, und das Eis schmolz schnell. Ich sah zu, wie es auf die Holzplanken tropfte. Wetter, das wir nicht vergessen, ist das Wetter, das wir aus einem bestimmten Grund oder wegen einer Anstrengung bewusst erleben.

Danach machte ich einen Spaziergang durch die Stadt, kam an ein paar Pubs, einem Blumenladen und einem blaugestrichenen Wettbüro vorbei. Es waren kaum Leute auf der Straße. Schließlich gelangte ich zu einer Sehenswürdigkeit, die mir der Stadtrat und der Fotograf ans Herz gelegt hatten. Es war die kleinste Kapelle Irlands und angeblich die zweitkleinste der Welt. Dennoch war sie der würdevolle Bau, den ich mir vorgestellt hatte: Steinfassade, bunte Glasfenster, Marmoraltar, eisernes Tor. Die Kapelle war nach ihrem Tod für eine Mary Costello von ihrem Mann erbaut worden, der später neben ihr zur Ruhe gebettet wurde. Das dicke undurchsichtige Glas, das beide Särge bedeckte, war von einem beunruhigenden Gelb, und dazwischen war genug Platz, um sich um die eigene Achse drehen zu können. Ich blieb eine Weile, weil es in der Stadt keinen anderen Ort gab, den ich anschauen wollte, und mir geraten worden war, die Einsamkeit in meinem Hotelzimmer zu meiden und auch an elementarsten menschlichen Interaktionen teilzunehmen.

Meine Psyche war in schlechter Verfassung. In der Woche zuvor hatte ich daran gedacht, mich selbst in ein Krankenhaus einzuweisen, aber die Irlandreise war mir vernünftiger erschienen. Ich verreiste oft während dieser Zeit, und wie bei jeder Reise hoffte ich, als anderer Mensch zurückzukehren. Während ich langsam zusammenbrach, war ich blind für die

Gefahr einer Fehlentscheidung: In der Woche nach Irland landete ich in der Notaufnahme.

Während des Zwischenstopps im Flughafen Amsterdam hatte ich vor mir gesehen, wie ich bewusstlos auf dem Boden eines Lastenaufzugs lag, dessen Türen offen standen. Die Vorstellung war tröstlich: Man konnte auf einer Reise sterben. Ich schrieb ein Tagebuch, aber diesen Augenblick in Amsterdam trug ich nicht ein. Falls ich die Kontrolle über mich verlor, sollte es ein Prozess sein, der mit Worten zu verstehen war. Ich verstand das Bild in Amsterdam nicht und wollte es auch nicht verstehen. Das Tagebuch war – und ist – eine langwährende Auseinandersetzung mit mir selbst: Eine klare Stimme stellt vernünftige Fragen, und eine sehr laute Stimme reagiert trotzig, manchmal antwortet sie, dann wieder schweift sie ab. Es ist wie eine Konfrontation zwischen George Eliot und Dostojewski. Erstere rät zu Selbstbeschränkung durch Selbstvervollkommnung, und Letzterer unterbricht sie mit Monologen über erregte und gefangene Seelen; wenn Letzterer versucht, kohärent oder auch aufrichtig zu sprechen, erscheint die Anstrengung unter dem Blick der Ersten lächerlich. Man weiß immer am besten, wie man sein eigenes Leben sabotieren kann.

Kann man leben ohne das, was man nicht haben kann – die Frage taucht wiederholt in meinem Tagebuch auf. Sie zu verneinen hieß, aufzugeben; sie zu bejahen hieß, ebenfalls zu kapitulieren, allerdings maskiert als Tapferkeit. Was ist es, das man nicht haben kann – ich vermied, es in Worte zu fassen. Jede Erklärung wäre zu spezifisch und zu klein gewesen. Aber Verständnis war nie weit entfernt.

Gegen meine intuitive Abwehr bin ich Beziehungen eingegangen – zu ein paar Menschen, zu einem Beruf, zu einer angenommenen Sprache –, aber ich muss erst noch lernen, mit ihnen zu leben. Der Schmerz, einer Person nahezusein, und der Schmerz, allein zu sein, heben sich gegenseitig auf. Schreiben zu können und auf Englisch zu schreiben, sind Rettungsleinen, und Rettungsleinen müssen als nicht relevant, ja unzulässig abgelehnt werden. Wieder und wieder brechen die eigenen Gedanken an derselben Stelle, als wäre es ein Knochenbruch, der nie völlig heilt: Ich habe Angst davor, dich – dich, mein Leben, und alles, was es lebenswert macht – ernst zu nehmen.

Dem Phantom, das ich in Amsterdam gesehen hatte, begegnete ich in Leitrim nicht. An einer Buchhandlung hing ein Plakat, das für ein Symposium über Rumi warb. An der Tür eines Waschsalons klebte eine handgeschriebene Notiz, dass er aufgrund der Rezession nur noch an drei Tagen in der Woche geöffnet war. In der Hotellobby trank ich eine Kanne Tee und zählte die Passanten. Eine Frau, die mich an eine Freundin erinnerte, veranlasste mich, den Namen einer Insel vor der Küste von County Mayo nachzuschlagen, auf der ihr Vater an einem regnerischen Tag beerdigt und der Sarg in dreißig Zentimeter hoch stehendes Wasser hinabgesenkt worden waren. Das Handfeste besitzt oft eine Art Eloquenz. Ablenkung kann für momentane Klarheit sorgen.

Der Anlass der Reise war ein Festival zu Ehren des irischen Schriftstellers John McGahern. Als ich die Einladung erhielt, verband mich nichts anderes mit diesem Autor als meine Bewunderung für ihn, aber ich wollte den Fluss Shannon sehen und die Landstraßen in Leitrim und Roscommon. Das Umfeld eines autobiografischen Autors zu sehen, ist verlockend; es ist, als würde man zeitweilig die Realität einer anderen Person erfassen.

Ich bin keine autobiografische Schriftstellerin – ohne ein

solides und erklärbares Selbst kann man das nicht sein – und lese alle autobiografischen Autoren mit derselben Neugier: Was für eine Art Leben verleiht einer Person das Recht, sich selbst zum Gegenstand zu machen?

Auf die Reise nahm ich McGaherns Memoiren mit, wohl wissend, dass sie die Antwort nicht enthielten. Ich hatte sie schon einmal gelesen. Eine schwere Kindheit, der Verlust der Mutter in frühem Alter, das Heranwachsen mit einem gewalttätigen und unberechenbaren Vater, das Exil und die Rückkehr nach Irland, das Haus auf dem Land – über all das schreibt er geradeheraus, ohne mit der literarischen Bauchrednerei vieler seiner Landsleute anzugeben. Niemandes Verletzlichkeit ist erschütternder als die des Nächsten, niemandes Freude ist verdienstvoller. McGahern stößt nichts anderes als das Leben zu – wie uns allen.

Schwerer zu ertragen als ein neuer Schmerz ist der Schmerz, den man schon erlitten hat: eine Erinnerung daran, dass man sich nicht weit von der Person entfernt hat, die man war. Warum schreiben, um alte Wunden aufzureißen? Warum eine Biografie erneut durchleben, wenn auch das Schwäche ist?

***

Ein Wort, das ich höchst ungern benutze, ist *ich*. Es ist ein melodramatisches Wort, doch man kann es nur bedingt vermeiden. Im Chinesischen, einer grammatikalisch weniger strengen Sprache, ist es möglich, Sätze mit implizierten Personalpronomen zu konstruieren und das peinliche *Ich* zu vermeiden oder es durch ein *Wir* zu ersetzen. Das Leben ist keine originelle Angelegenheit.

Selbstverständlich gibt es zu allen Zeiten Visionäre und Revolutionäre und Exzentriker, aber da sie sich ihrer Visionen bewusst sind oder – und das ist noch durchschaubarer –

dafür leben, neigen sie dazu, langweilig zu sein. Gäbe es kein Publikum, würde sich Originalität mit sich selbst längst nicht so wohl fühlen.

Um den Mangel an Originalität zu ertragen, lassen sich die Menschen etwas einfallen: Noch die am wenigsten ehrgeizige Person muss eine Möglichkeit finden, daran zu glauben, dass sie einzigartig und unersetzbar ist. Man fragt sich, ob dieser schlichte und anmaßende, wenn auch allzu menschliche Wunsch die Erlaubnis erteilt, das Wort *ich* zu benutzen. Doch nach meinen Krankenhausaufenthalten erklärte ich monatelang allen um mich herum, dass jeder ersetzbar ist und sein sollte. Was bedeutet euch dieses Ich, wenn es mir so wenig bedeutet?

Nach dem Tiananmen-Massaker wurden die Erstsemester unserer Universität in der Zeit zwischen Schulabschluss und Studienbeginn für ein Jahr zur Armee eingezogen, eine Maßnahme zur Verhinderung zukünftiger Insubordination. In der Armee präsentierte ich mich mit jugendlicher Eingebildetheit als anders als die anderen: Wenn ich Propaganda schreiben sollte, lieferte ich indirekt subversive Gedichte ab, ich machte schlaue unverschämte Bemerkungen über die Offiziere und nutzte jede Gelegenheit, die Autorität unserer Gruppenführerin zu unterminieren. Jegliche politische Autorität herauszufordern, mich selbst auf rechtschaffene Weise in Gefahr zu bringen, Worte zu benutzen, um mich von den anderen zu unterscheiden – das waren Abkürzungen zu dem, was ich mit achtzehn wirklich wollte: eine Bestätigung, dass das Leben öde und ungerecht, nicht lebenswert war.

Bevor wir aus der Armee entlassen wurden, schrieb mir meine Gruppenführerin (es war üblich, sich gegenseitig kleine Abschiedsbriefe zu schreiben): »Manche Menschen sind gewöhnlich, andere sind es nicht. Ein mit letzteren verbrachter Tag hinterlässt viele Erinnerungen, mehr als mit ersteren verbrachte Jahre. Als gewöhnlicher Mensch schätze ich mich glücklich, ein Jahr mit dir verbracht zu haben.«

Sie war in einer Familie von Soldaten aufgewachsen, fügte sich jedem Höherrangigen, glaubte uneingeschränkt an die Macht, die ihr die Armee verlieh, vertraute den kommunistischen Lehren (wie sehr ich sie geärgert und hatte leiden lassen, weil ich darauf bestand, über das Tiananmen-Massaker zu sprechen).

Das Briefchen war nicht boshaft gemeint, doch es beschämte mich zutiefst. Ich bin dem Mädchen immer noch dankbar, dass sie mir gezeigt hat, wie langweilig jemand sein kann, der die Welt mit seiner Persönlichkeit beeindrucken will. Und es war zudem ein Glück, dass sie mir meine Langweiligkeit auf so sanfte Weise vor Augen geführt hat. Hätte sie mich durchschaut und sarkastisch reagiert, hätte ich mein dummes Verhalten vielleicht verteidigt. Aber sie war zu jung, um zu begreifen, dass sie realer war als die Wichtigtuerin, zu der ich geworden war, und ich war nicht erfahren genug, um mich schuldig zu fühlen: Eine Person, die sich selbst mit morbider Sorglosigkeit ablehnt, kann die Überzeugungen eines anderen Menschen mühelos plattwalzen.

***

Ein paar Monate nach der Reise nach Leitrim, als ich zum zweiten Mal im Krankenhaus war, lag eine Frau bei mir im Zimmer, die die blauesten Augen hatte, die ich je gesehen habe. Sie fragte mich, ob sie sich in eine andere Klinik verlegen lassen oder hierbleiben sollte. Ich verstand ihre Frage nicht, und sie formulierte sie um: Sollte sie erst ihre Erkrankung heilen lassen, bevor sie einen Entzug machte, oder umgekehrt? Ich konnte keine professionelle Auskunft dazu geben, sagte jedoch, dass es vielleicht nicht schlecht wäre, drogenfrei zu sein. Du verstehst nicht, sagte sie und erklärte, dass sie bis zu ihrem Tod Drogen nehmen würde.

Ich wusste nicht, was ich sagen sollte, deshalb hörte ich zu. Sie sprach über ihre Kindheit – die U-Bahn in New York City, die Freunde, mit denen sie aufgewachsen war und die jetzt alle nichts mehr mit ihr zu tun haben wollten, über ihren Vater und ihre Brüder, die sich weigerten, ihr Geld zu leihen, die offene Anstalt, die sie im Stich gelassen hatte. Ich musste mich bald entschuldigen und verließ das Zimmer. Sie bestand hartnäckig auf einer Antwort. Ich bedauerte, meine wenn auch hinter einer halb geschlossenen Tür eingeschränkte Abgeschiedenheit aufgeben zu müssen. Deine Bettnachbarin, sagten mehrere Frauen zu mir und blickten zu ihrem zerrissenen Nachthemd aus Papier und ihrer selbstvergessenen Nacktheit, wenn sie durch den Flur ging, in dem wir alle auf Sofas oder Stühlen saßen und uns unterhielten, wie uns geraten worden war.

Nachdem sie verlegt worden war, sagte ich in einem Gespräch mit meiner neuen Bettnachbarin etwas in dem harten Tonfall, den ich von den anderen kannte. Du kannst nicht so über sie sprechen, sie ist wie du und ich, sie ist krank, erwiderte meine neue Zimmergenossin, und das verblüffte mich. Ich hatte mich nicht für krank gehalten, sondern für gestrandet.

Seneca schrieb über seine »Gebrechlichkeit«, die er in Gesellschaft anderer Menschen empfand, »dass nicht einer unter ihnen ist, der nicht das eine oder andere Laster verlockend macht«. (Ich mag Seneca und seinen Schüler Montaigne: Ihre Weisheit und Selbstsicherheit sind so eng miteinander verwoben, dass man das Bedürfnis verspürt, sich über sie lustig zu machen, während man sie gleichzeitig bewundert.) Wenn man *Laster* durch *Sprache* ersetzt, beschreibt der Satz eine Erfahrung, die ich sehr gut kenne: Ich lasse mich leicht beeinflussen von der Art und Weise, wie Leute reden – von ihren Worten, ihrer Intonation und ihren Ticks.

In der Armee zirkulierte ein schlecht fotokopiertes Exemplar von *Vom Winde verweht* unter den Mädchen. Mehr als die Hälfte der Mädchen in meinem Zug – ihre Persönlichkeiten rangierten von schüchtern über geschwätzig bis zu rundweg gemein – behauptete, sich in Scarlett O'Hara wiederzuerkennen. Manche von ihnen waren zu interessant, andere zu langweilig, um Scarlett zu sein. Diese kollektive Sehnsucht muss Bestandteil der Selbstfindung sein. Es ist kein origineller Prozess; dennoch erfordert er Mut.

Ich identifizierte mich nicht mit Scarlett O'Hara oder Anna Karenina oder Tess Durbeyfield oder Jane Eyre; und ich suchte auch nicht in Jean-Christophe oder Nick Adams oder Paul Morel oder dem alten Mann, der mit dem Meer kämpft, nach mir. Ich las und lese nicht, um mich in der Geschichte einer anderen Person wiederzufinden. Im Gegenteil, lesen bedeutet mit Leuten zusammen zu sein, die uns im Gegensatz zu unseren Mitmenschen nicht wahrnehmen.

In der Armee war ein Mädchen, das mehrmals in der Kantine Yams oder Brötchen für mich gestohlen hatte. Ich wusste nicht, wie ich diese Geste zurückweisen sollte, die mich mit kaltem Groll erfüllte. So herausgehoben zu werden heißt, dass man den Status anerkennen muss, den die gebende Person sich selbst zuschreibt; schlimmer, als jemandem verpflichtet zu sein, ist es, verpflichtet zu sein für Dinge, die man gar nicht will. Im Krankenhaus machten sich drei Frauen ein Spiel daraus, Orangen aus dem Speisesaal zu schmuggeln und in meine Schublade zu legen. Dass ich wie ein normaler gesunder Mensch Orangen aß, amüsierte sie so sehr wie der Roman von Tolstoi und die Essais von Montaigne – ich hatte um die Bücher gebeten, als mich eine Freundin besuchte –, die ich mit mir herumtrug. Ich nahm die geschmuggelten Früchte an und lachte über ihre Witze, zitierte jedoch eine Figur von Graham Greene – einen katholischen Priester – und sagte, dass sie zwar über mich, aber nicht über meine Bücher lachen durften. Eine von ihnen wurde in eine Entzugsklinik verlegt; die andere, bei der alle anderen Behandlungsmethoden fehlgeschlagen waren, begann mit EKT; die Dritte wurde am Tag vor meiner Entlassung wegen Selbstmordgefährdung unter Beobachtung gestellt. Man muss mit denen, die sich in ähnlichen Situationen wie man selbst befinden, über sich selbst lachen.

Das Krankenhaus erinnerte mich an die Armee. Habitatspezifisches Vokabular bildet ein Prisma, durch das die Außenwelt phantastisch erscheint: Witze sind Gemeingut; die eigenen Gedanken werden zu einem grenzenlosen Labyrinth, ein Ausgleich für nicht verfügbaren Raum; von allen gesehen zu werden, ist die einfachste Möglichkeit, sich zu verstecken; zu reden und die Sprache von jemand anderem zu sprechen, die beste Weise zu schweigen. Wie könnte es in der Welt in ihrer Gesamtheit anders sein?

***

Am ersten Abend in Irland ging ich am Shannon spazieren. Abgesehen von einem einsamen Fischer und einem vertäuten Boot erinnerte kaum etwas an die Welt der Menschen. Waren die Wasservögel, das Schilf, die einsetzende Dämmerung und der fremde Himmel Beweis genug, dass es sich zu leben lohnte? Jenseits des Flusses befanden sich hüglige Wiesen und dahinter die Landstraßen, über die McGahern schrieb.

Ein Labyrinth schmaler Straßen verbindet die Häuser, die verstreut auf diesen Feldern stehen, und die Straßen fließen ineinander wie Flüsse, bis sie in eine Hauptstraße münden. Diese schmalen Straßen sind noch in Gebrauch. An manchen Stellen sind die Hecken auf den hohen Böschungen neben den Straßen so gewuchert, dass das Geäst der Bäume darüber ein Dach aus dichtem Laub bildet, und im Sommer ist es, als ginge man durch einen grünen Tunnel, der von hellen Lichtpunkten durchstochen wird …

Es gibt viele dieser Straßen, wo ich lebe, und im Lauf der Jahre habe ich in seltenen Augenblicken, wenn ich auf diesen Straßen gehe, ein außergewöhnliches Gefühl der Sicherheit, einen tiefen Frieden empfunden, mit dem ich für immer leben könnte.

Ich unterstrich die Worte »ein außergewöhnliches Gefühl der Sicherheit, einen tiefen Frieden«, und dann tat ich etwas Rabiates: Ich schleuderte den Stift ins Wasser. Er sank geräuschlos, und ich bereute meine Tat sofort. Nie zuvor in meinem Leben hatte ich einen Gegenstand beschädigt oder zerstört, weil ich meine Gefühle nicht mehr kontrollieren konnte: keine Tür zugeschlagen, keinen Teller und keine Tasse zerbrochen, kein Papier zerrissen. Ich muss diesen Respekt für Dinge von meinem Vater geerbt haben, der ein Sammler ist, aber ich habe keine enge Beziehung zu Objekten oder Orten entwickelt. Ich wünschte mir damals und ich wünsche mir heute, ich hätte auch nie eine enge Beziehung zu irgendjemandem auf der Welt aufgebaut. Ich wäre ganz Freundlichkeit. Ich hätte nichts Zerstörerisches getan. Ich würde diese Frage nicht stellen müssen – wann werde ich gut genug für dich sein –, denn indem ich *dich* abschaffe, das Gegenstück zu *ich*, würde ich natürlich auch das ärgerliche Ich aus meiner Erzählung löschen.

Ich blieb am Fluss, bis es zu dunkel zum Lesen war. Die Wunden, die in McGaherns Memoiren wieder geöffnet werden, sind keine Wunden, die verheilen, die man vergessen oder als Ehrenabzeichen durch Notzeiten tragen kann; indem er sie offenlegt (aber nicht aufreißt), scheint er zuzugeben, dass er das Gute vermisst, das ihm genommen wurde, und es wiederhaben will. In seinem Verlangen steckt keine Gier – Gier resultiert aus Mangel und dem Wunsch, ihn mit allen Mitteln zu beheben. Er hat mit seinem Verlangen Frieden geschlossen. Vielleicht fällt es mir deswegen immer schwer, die Memoiren zu lesen. Wenn mir im Leben Dinge fehlen – und das tun sie wie in jedem anderen Leben auch –, beschließe ich, dass ich sie auf keinen Fall haben will. Auch das muss Gier sein; nichts zu wollen ist genauso extrem, wie alles zu wollen.

Die in dem Buch beschriebenen Wege – auf denen zuverlässig Blumen blühen, die er Tag für Tag mit den Geschwistern und der Mutter geht, bis Krankheit und Tod alles durcheinanderbringen – waren nicht so anders als die Gassen, die ich aus Peking kannte. Die Gartenstraße war eine asphaltierte Straße mit Gräben zu beiden Seiten, die bei Regen vollliefen. Es gab keine Gärten, aber es wuchsen wilder Wein und Spitzkletten und Unkraut, dessen Namen ich nicht kannte, dessen Veränderungen ich jedoch durch die Jahreszeiten verfolgte. Die Gartenstraße war sicher für ein Kind, solange es nicht vom Weg abwich, und einmal, als mein Vater wegen eines Atomtests nicht in der Stadt war, ging sie meine damals fünfeinhalbjährige Schwester eine Dreiviertelstunde entlang, bis sie in eine größere Straße mündete, wo sie Gemüse kaufte. Der Weg, der zu meiner Grundschule führte: Er verlief im Kreis um unseren Wohnblock, hinter jedem Fenster stand ein

Erwachsener, darauf aus, ein Kind bei einer Missetat zu erwischen; er durchschnitt eine offene Wiese, auf der wir im Sommer Heuschrecken fingen; er führte an einer Außentoilette mit notdürftigem Dach vorbei – matschig an Regentagen, fliegengeplagt bei trockenem Wetter –, die sowohl von der Schule als auch von der nahen Volkskommune benutzt wurde; und dann folgte das bedrohliche Stück – für niemanden einsehbar, nicht länger als hundert Meter – zwischen der Außentoilette und der Schule. In der ersten Klasse wurden dort meine beste Freundin und ich an einem Winternachmittag von einem Mann mit einem Messer behelligt, aber wir konnten flüchten, schrien lauthals auf dem Weg zurück in die Schule, um die Lehrer auf uns aufmerksam zu machen. In der vierten Klasse, als die Freundschaft nicht mehr dick genug war, um gemeinsam nach Hause zu gehen, wurde meine Freundin dort von einem anderen Mann mit einem Messer gepackt und hinter die Toilette gezerrt, ein Unglück, über das viel geredet wurde, aber es konnte nicht rückgängig gemacht werden, deswegen wurde nie etwas unternommen.

Auf diesen Wegen muss oft jemand an meiner Seite gewesen sein. Bevor meine Freundin und ich uns auseinanderlebten, erfanden wir Spiele für den Schul- und den Heimweg. Einmal gingen meine Schwester und ich die ganze Gartenstraße entlang, um einen Film zu sehen, ein Ereignis, das die Schule organisiert hatte; um das Geld für den Bus zu sparen, brachen wir eine Stunde vor Beginn auf, und alle zehn Minuten winkten wir einem vorbeifahrenden Bus zu, weil unsere Klassenkameraden uns etwas zuriefen. Mein Großvater – der Vater meiner Mutter, der bei uns lebte – nahm mich einmal zum Hauptpostamt jenseits der Gartenstraße mit. Er führte mich darin herum, unter anderem zu einem Schalter, an dem in alte Kopfkissenbezüge verpackte Pakete von einer alten

Frau in einer grünen Postuniform aufgerissen, kontrolliert und wieder zugenäht wurden. Außerdem verfasste er eine Botschaft auf einer Karte mit einem grünen Gitter darauf, um mir zu zeigen, wie man ein Telegramm schickte. ALLES GUT MACH DIR KEINE SORGEN, schrieb er und reichte die Karte dem Telegrafisten hinter der Fensterscheibe, und ein paar Minuten später erhielt er eine Quittung, die die Auslieferung des Telegramms am Abend versprach. Er schickte es an eine Nichte, mit der er seit zwanzig Jahren keinen Kontakt mehr hatte.

Ich könnte diese Augenblicke mit anderen Menschen wiederaufleben lassen, aber ich schreibe, um diese Gefühle hinter mir zu lassen, und es sind die allein verbrachten Momente, die zu erzählen ich vorziehe: Ich war glücklich, wenn ich allein unterwegs war. Es war gleichgültig, dass hinter der Außentoilette Männer lauerten oder sich mit einer Hand entblößten, während sie mit der anderen das Fahrrad lenkten, dass ältere Jungen sich versteckten und dann Steine nach mir warfen, dass ein boshaftes Mädchen aus der Klasse meiner Schwester mir mit einer Liste von Schimpfnamen folgte, die sie täglich änderte (Fleischklops war einer, Großkopfkarpfen ein anderer). Diese Momente sind nicht vergessen, weil sie den Hintergrund meines Alleinseins bildeten, das eine überaus befriedigende Erfahrung war. Ich erinnere mich, dass eine Backsteinmauer den Kindergarten neben unserem Wohnblock umgab, und ich ging im Kreis lange an dieser Mauer entlang, überzeugt, dass mit der Zeit jeder Ziegel einen identischen Abdruck meines Fingers auf gleicher Höhe aufweisen würde.

Eigensinn ist seltsam optimistisch: Er verwandelt das Unvermeidliche in das Wünschenswerte. Wenn Alleinsein unvermeidlich ist, dann will ich glauben, dass ich mir Alleinsein wünsche, weil es das Glück selbst ist. Es muss eine falsche

Vorstellung sein – auch wenn ich sie nicht aufgeben will –, dass das Leben als eine Reihenfolge einsamer Momente gelebt werden kann. Die mit anderen Menschen verbrachte Zeit ist die Zeit, um sich auf ihre Abwesenheit vorzubereiten. Dass es auch eine entgegengesetzte Sichtweise gibt, kann ich nur auf theoretischer Ebene verstehen: Die Zeitachse ist auch die ständige Wiederholung des eigenen Rückfalls in Abgeschiedenheit. Nicht die anderen verschwinden, sondern man verschwindet vor den anderen.

Eigensinn ist auch pessimistisch: Es verwandelt das Unerwünschte in das Unvermeidliche. Das Unglück, das ich so gut kannte – das meiner Mutter schrill, das meines Vaters wortkarg, das meiner Schwester bitter –, musste ertragen werden wie das Wetter oder die Politik. Haben wir uns jemals gefragt: Warum sind wir so einsam, so stolz und halten so unerbittlich daran fest, unsere Heuchelei zu perfektionieren? Wir versteckten unsere Geheimnisse gut, vor der Welt und vor uns selbst, und aus Fatalismus kultivierten wir Selbstbeherrschung. Jahrelang weigerte ich mich, unsere prompte Willfährigkeit gegenüber unserer Mutter zu sehen, auch noch, als sie an meinem Hochzeitstag verkündete, dass ich ihr nur noch die Hoffnung auf meine Scheidung gelassen hatte. Es ist eine dieser Begebenheiten, die man sich selbst und anderen immer wieder als Witz erzählt so wie die Geschichte des Friedensrichters von Johnson County, der uns in einer kurzen Zeremonie traute, vor einer amerikanischen Flagge und der Flagge von Iowa, in Anwesenheit von zwei Freunden als Trauzeugen, und der später eine Affäre mit der stellvertretenden Staatsanwältin des Bezirks hatte, ein Skandal, wo Skandale rar sind. Lachen, wie unangemessen auch immer, isoliert.

Mit die erste literarische Bildung, die man mir angedeihen ließ, war eine Reihe illustrierter Autobiografien von Maxim Gorki. Die drei handtellergroßen Büchlein – *Meine Kindheit, In der Welt, Meine Universitäten* –, gekürzt und ergänzt mit plastischen Tuschezeichnungen, wurden *Bücher kleiner Leute* genannt, obwohl es keine Kinderbücher waren. (Es war ein literarisches Format, das Shen Congwen, einer meiner chinesischen Lieblingsautoren, den Untergang der Literatur im kommunistischen China beklagen ließ – sogar ein Analphabet konnte darin blättern, so wie ich begonnen hatte, die Gorki-Autobiografien zu lesen, bevor ich ein einziges chinesisches Schriftzeichen gelernt hatte.) Als Kind zog ich endloses Vergnügen aus diesen drei Büchern – sie gehörten mir, und ich besaß sehr wenig. Sie enthielten keine einzige langweilige Seite: Gorkis Großvater, der seine Großmutter schlug, sein Stiefvater, der seine Mutter trat, seine Onkel, die einen gutmütigen jungen Mann überredeten, ein schweres Kreuz zum Friedhof zu tragen, und erbarmungslos dabei zusahen, wie er davon erschlagen wurde, Gorki, wie er als Lehrling mit einem Stock verprügelt wurde. Alle paar Seiten starb jemand: sein Vater, sein Bruder, seine Mutter, ein schwindsüchtiger junger Mann, der gern melancholische Melodien summte, Freunde und Nachbarn und Fremde. Die Botschaften der Bücher – Not, Ungleichheit, Gorkis politisches Erwachen – begriff ich nicht. Mich amüsierte die Bandbreite der Figuren: Lumpensammler, reiche Verwandte, Matrosen, Städter, Popen, Ikonenmaler, Ladenbesitzer, Schauerleute, Witwen, Prostituierte, Bettler, ein einarmiger Mann, ein Blinder, ein Koch, der angesichts der Schönheit von Poesie weinte, eine schöne Frau, die Gorki Bücher lieh, ein tyrannischer Bäckereibesitzer, der um seine von einem Gehilfen vergifteten Schweine trauerte. (Was für eine seltsame Einführung in die russische Literatur. Mit Gorki anzufangen, fühlt sich an, als würde man auf das Dach eines Bungalows steigen, ohne zu merken, dass sich gleich daneben die Chinesische Mauer befindet.)

Während ich diese Bücher jetzt erneut lese, kann ich noch immer ihren Reiz erkennen: Der Waise hat ein Leben, das andere verkrüppelt und zu Boden schlägt, aber er selbst bleibt immer im Mittelpunkt und wird mit jedem Abenteuer erhabener, heldenhafter und charismatischer. Zwischen einem Drama und dem nächsten hat er keine Zeit zu verlieren, ja, es gibt kein Leben, das zwischen den Dramen zu führen wäre.

Die Zeit zwischen den Dramen: Gorki streicht sie fröhlich aus seinem Leben; McGahern scheint genau darin den Frieden zum Leben und Schreiben zu finden. Ich würde mich ärgern, würde ich Gorkis Standpunkt einnehmen; ich bewundere McGaherns, ohne ihn zu verstehen.

Was ist Frieden, was ist Sicherheit? Wenn mich wieder einmal Trostlosigkeit überkommt, möchte ich nur allein sein, mich zusammenrollen und still daliegen. Als ich vor kurzem erneut das Ende von McGaherns Memoiren las, mit seiner Mutter und den kleinen Straßen, die sie beide liebten, musste ich weinen:

> Wenn wir wieder über diese sommerlichen, von Wildblumen bewachsenen Straßen gehen könnten, die uns »mit einem Zauber belegen«, wären wir wahrscheinlich nicht in der Lage, miteinander zu sprechen, obwohl ich ihr alle Neuigkeiten aus dem Ort berichten wollte. Wir würden die Straßen verlassen, und ich würde sie den ausgetretenen Pfad unter den dichten Hecken zwischen den Seen entlangführen, den der Otter nimmt. Am Ufer

des Sees würde ich ihr den grünen mit Fischgräten und blauen Flusskrebsschalen gesprenkelten Rasen zeigen, wo das Otterweibchen frisst und ihre Jungen unterrichtet. Das Otterweibchen pfeift über das Wasser nach dem Männchen, wenn es sich paaren will, und jagt es zurück in sein eigenes Gewässer, wenn es seine Aufgabe erledigt hat; ganz anders die Schwäne, die Seite an Seite schwimmen und sich auf ihrem hohen Nest im Schilf abwechseln. Oberhalb des Sees würden wir dem weiten Himmel folgen, bis er auf die niedrigen Berge stößt, wo ihr Leben begann.

Ich wünschte, ich hätte einen Teil von mir auf diesen Wegen in China zurückgelassen und er könnte in dieses Leben spähen und wissen, dass seine Entscheidung zu flüchten klug war. Als Kompromiss hält man sich an geringere Dosen von Abwesenheit: Man liest ein Buch, das die Welt in Zaum hält, solange die Worte reichen, erfindet Geschichten zu Figuren, denen nichts an einem liegt.

Ich frage mich, ob ich es erst spät begriffen habe: Fatalismus ist nicht, fraglos dem vorgegebenen Pfad zu folgen, sondern an jeder Biegung eine trotzige Entscheidung gegen die eigene Intuition zu fällen. Der Teil, der allein so frei und glücklich sein könnte, ist nicht dazu geschaffen, unter Menschen zu sein. Er bemüht sich vergeblich, sein Daseinsrecht zu artikulieren; er scheut vor Dramatik und Gefühlen zurück, doch dieses Abwenden führt nur zu einem Melodrama; er kompromittiert, beschämt und terrorisiert einen; er macht ein warnendes Beispiel aus dem Leben, aber man lasse ihn weg, und das Leben wird zu einem anderen warnenden Beispiel. Ein Leben, das gelebt wird, um zu vergessen, ist auch ein Leben, das gelebt wird, um sich zu erinnern.

Am zweiten Tag in Leitrim wurde ich auf der Bühne interviewt. Ich erinnere mich, dass ich über McGaherns Landstraßen sprach, die es noch gibt, und die Straßen in Peking, die nicht mehr existieren. Das Auditorium, die Reihen der Sitze stiegen steil an, war gefüllt mit Lesern, die das Festival jedes Jahr besuchten. Als ich die Orte beschrieb, wie McGahern sie beschrieb, murmelten sie zustimmend. Als Fragen gestellt wurden, sagte ein alter Mann: So wie Sie beim Sprechen aufgeschaut haben, haben Sie mich an John erinnert. Ich war gerührt: Einer chinesischen Frau war es unmöglich, einem irischen Mann zu ähneln, außer aus Liebe und Erinnerung.

Nach dem Interview lernte ich eine von McGaherns Schwestern kennen. Ich sagte etwas über seine Bücher, und das Gespräch kehrte zurück zu den Landstraßen. Ich werde sie nie vergessen, sagte ich.

Und ich werde nie Ihre Küken vergessen, sagte sie und bezog sich dabei auf die Passage, die ich zuvor aus meiner Erzählung »Freundlichkeit« vorgelesen hatte:

> Als ich fünf war, ging eines Sonntags ein Hausierer mit einem Bambuskorb voller Frühlingsküken durch unser Viertel. Ich lief hinter meinem Vater her, der den wöchentlichen Einkauf rationierter Lebensmittel erledigte, und als der Hausierer mir ein Küken auf die Hand setzte, sein kleiner Körper weich und warm und bibbernd, weinte ich, bevor ich meinen Vater bat, es mir zu kaufen. Wir waren keine reiche Familie: Mein Vater hatte eine Stelle als Hausmeister, und meine Mutter, die krank war, seit ich denken konnte, arbeitete nicht, und ich lernte früh, mit meinem Vater Münzen und kleine Scheine zu zählen, bevor wir uns auf den Weg zum Laden machten. Für die, die unsere Geschichte kannten, muss es schmerzlich

gewesen sein, den Kummer meines Vaters mitanzusehen, als sich zwei Frauen anerboten, mir zwei Küken zu kaufen. Auf dem Nachhauseweg warnte mich mein Vater vorsichtig, dass die Küken zu klein seien, um länger als ein, zwei Tage zu überleben. In einer Schuhschachtel baute ich aus einer zerrissenen Zeitung ein Nest für die Küken, und ich fütterte sie mit in Wasser eingelegten Hirsekörnern und einen Tag später, als sie krank schienen, mit in Wasser aufgelöstem Aspirin. Zwei Tage später starben sie, das mit Tinte auf der Stirn markierte und von mir Punkt genannte Küken starb zuerst, gefolgt von Pilz. Als mein Vater einer Nachbarin ein leckes Spülbecken reparierte, stahl ich zwei Eier aus der Küche – meine Mutter war damals oft nicht zu Hause –, brach sie vorsichtig auf und wusch sorgfältig Dotter und Eiweiß heraus; doch so sehr ich es auch versuchte, ich konnte die Küken nicht wieder in die Schalen stecken, und bis zum heutigen Tag kann ich die Schalenhälfte auf Punkts Kopf sehen, die den Tintenfleck wie ein komischer kleiner Hut bedeckte. Seitdem habe ich gelernt, dass das Leben so ist, jeder Tag endet wie ein Küken, das nicht in die Eierschale zurückwill.

Die Leute fragen mich oft, ob ich diese Geschichte mit den Küken selbst erlebt habe. Dass ich die Frage nie beantworte, wird als verschämte Bestätigung, dass die Episode autobiografisch ist, hingenommen. Aber ich hatte nie im Leben Küken. An den Sonntagen, an denen ich hinter meinem Vater mit den Lebensmittelkarten herlief, wünschte ich mir nie, etwas zu besitzen. Niemand kannte unsere Geschichte. Einmal jedoch versuchte eine Frau, mit mir zu sprechen, als wäre ich erwachsen. Sie war älter als meine Eltern, und ich verstand nicht, warum sie mich ausgesucht hatte. Sie stürzte mich in Verlegenheit. Meine Mutter und ihre Freundinnen lachten über den Versuch der Frau, sich mit mir anzufreunden; ich ging immer auf die andere Straßenseite, wenn ich ihr begegnete.

Vielleicht ist es nicht fair, autobiografisch zu schreiben, ohne sich selbst einzubringen. Wenn man die eigene Existenz darin nicht nachweisen muss, bietet die Welt üppige Freuden. Die Genossenschaft, eine Reihe Läden in einem Hof, war ein Ort voller Menschen, und es gab genügend Kurioses zu sehen, um das Gedränge und das Geschrei und manchmal die Raufereien unter Fremden zu ertragen. In dem Gemischtwarenladen, in dem ich für Seife, Waschmittel, Streichhölzer und manchmal für ein halbes Kilo Kekse in Tierform anstand, gab es an der Decke ein elektrisches Transportsystem aus Draht. Die Verkäufer befestigten das Geld an Metallklammern, die es zum Kassierer transportierten, später kamen das Wechselgeld und die Quittung zurück – wie es so verlässlich funktionierte, konnte ich mir nicht vorstellen. Hinter einer Theke stand eine Reihe Glasgefäße, der Größe nach angeordnet, das kleinste so hoch wie ich, jedes mit einer Apparatur oben darauf. Wenn ein Kunde dem Verkäufer eine Flasche reichte, musste er nur einen Hebel betätigen, um sie mit der richtigen Menge Flüssigkeit zu füllen – Sojasoße, Essig, Sesamöl, Bratöl. In der Fleisch- und Fischabteilung gab es ein langes Brett, das sich über die gesamte Länge des Ladens erstreckte. Dort war es immer kalt und feucht, so wie es immer trocken und warm war, wo Reis, Mehl, Bohnen und Maismehl verkauft wurden. Hier war ich am liebsten, weil ich meinem Vater dabei helfen durfte, einen Stoffsack zu halten, dessen Öffnung genau auf eine metallene Schütte passte. Nachdem der Verkäufer oder die Verkäuferin die Ration abgemessen hatte, kippte er oder sie die Schale nach vorn, und das Mehl oder der Reis landeten mit einem dumpfen Laut und einer feinen Staubwolke in dem Sack, der unsere Hände nach unten zog.

So vollständig zu existieren, wie es die Welt erwartet, aber innerlich abwesend zu sein: Obwohl ich nicht über Worte verfügte, das Geheimnis zu artikulieren, verstand ich es doch in einem prägenden Alter. Als ich das Auditorium verließ, fragte ich mich, wann und wo und wie ich dieses intuitive Wissen außer Acht gelassen hatte. Warum suchen wir nach Menschen, als würden sie uns auf grundlegende Weise verändern? Wird man mehr, als man ist, indem man eine Beziehung eingeht, oder verliert man eine wesentliche Möglichkeit, sich selbst zu bewahren? Die Gefahr einer Beziehung – zu einer Person, einem Ort, einem Beruf, einem Anliegen, sogar zum eigenen Leben – besteht darin, dass man sich selbst glauben macht, es gebe einen Grund für die Beziehung, oder schlimmer noch, dass man den Grund mit einem Recht verwechselt.

Wir trafen uns am Steg, wo wir in ein Boot stiegen – *Moon River*, das Boot, das ich am Abend zuvor gesehen hatte. Wir wollten zu der Kaserne in Cootehall fahren, wo McGahern aufgewachsen war. Seine Schwester verabschiedete sich von uns. Kommt sie nicht mit?, fragte ich, und jemand sagte, dass sie im ersten Jahr des Festivals mitgefahren sei, aber es sei eine zu traumatische Erfahrung gewesen, nachdem sie die Kaserne seit Jahrzehnten nicht mehr gesehen hatte.

Während wir nach Westen fuhren, wurde der Shannon breiter. Am anderen Ufer war ein Biergarten; Gäste winkten, und wir winkten ebenfalls. Ein kleines Boot, das einen Wasserskiläufer zog, raste an uns vorbei, doch bevor wir sein Geschick bewundern konnten, verlor er das Gleichgewicht. Seine Freunde fuhren weiter, ohne es zu merken, und der junge

Mann lachte und trieb im Wasser. Weiter flussabwärts standen an beiden Ufern brandneue Häuser, die entweder noch nicht fertig gebaut oder unbewohnt waren. In ganz Irland waren nach dem Platzen der Immobilienblase verlassene Häuser ein trauriger Anblick. Noch trauriger war es, die Pferde – prestigeträchtige Tiere während der Jahre des Booms – zu sehen, verlassen und abgemagert lebten sie wild.

In Cootehall und später auf dem Weg zu Henry's Bar – Orte, die in McGaherns Memoiren auftauchten, und verbunden mit den Ortsnamen waren Erinnerungen, die mir vertraut geworden waren – kamen Leute auf mich zu und sprachen mit mir. Sie machten mich auf die Straßen aufmerksam, auf die blühenden Butterblumen in der Abendsonne und später im Friedhof auf die Gräber derjenigen, die angeblich Figuren in McGaherns Romanen waren, darunter in zwei meiner Lieblingsbücher, *Unter Frauen* und *By the Lake*. Viele der Festivalbesucher hatten ihn persönlich gekannt; andere waren seit Jahren seine Leser. Eine alte Frau, die aus England gekommen war, sagte, dass ihr Vater nicht weit entfernt von Cootehall aufgewachsen sei. Ein Mann erzählte von zwei Ortsansässigen, die darüber gestritten hatten, wer von ihnen das wahre Vorbild für eine Figur gewesen war. Als er mich fragte, ob ich über Leute schrieb, die ich kannte, schüttelte ich den Kopf. Nie, nie, nie, sagte ich und täuschte ein Schaudern vor, und er lachte.

Warum autobiografisch schreiben? Es muss ein Glauben an eine Art Freiheit dahinterstecken. Für Gorki scheint die Freiheit von seiner Fähigkeit zu rühren, die Welt nach einem System zu beurteilen, an das er fest glaubt: Richtig und falsch, gut und böse, Zukunft und Vergangenheit, alles wird in unmissverständlichem Kontrast präsentiert. Doch worin besteht diese Freiheit für McGahern, der nicht über andere (auch nicht über seinen Vater) und sich selbst urteilt? Aber Freiheit ist wie Originalität ausgefallen nur als universelle Phantasie. Mehr als ihr Streben nach Freiheit interessiert mich, wie Menschen den Mangel an Freiheit ertragen. Außerdem können auch die, die nach Freiheit schreien, wie die, die sich als originell ausgeben, ziemlich durchschaubar sein.

Aber was ist mit denen, die sich mit dem Schreiben selbst auslöschen wollen: Warum schreiben sie überhaupt? Ich arbeitete an einem Roman, und das Schreiben war so mit meiner rapiden Auflösung verknüpft, dass ich das Buch – in dem ein halbherzig beabsichtigter Mord stattfand – als zufälligen Mörder vieler guter Dinge in meinem Leben zu betrachten begann. Aber ich wusste nur allzu gut, dass ich das nur tat, um einen Ausweg aus dem Dilemma zu finden, das ich nicht lösen konnte. Als ich die Wissenschaft aufgab, vertraute ich blind darauf, dass ich mich mit dem Schreiben dazu zwingen konnte, völlig bedeutungslos zu werden. Ein paar Jahre lang hatte ich Gefallen an diesem Zustand gefunden: Unter fiktiven Figuren zu leben, die nichts von meiner Existenz wussten. Aber wie bleibt man für alle Zeit ein emotionaler Mitläufer, wenn man möchte, dass die Figuren leben, wenn schon nicht besser oder ehrlicher oder klüger, dann wenigstens vollständiger als man selbst? Unbarmherzig schreibt man, um zu verhindern, dass man selbst zu viel empfindet; unbarmherzig schreibt man auch, um diesem empfindenden Selbst näherzukommen.

Henry's Bar war voll. Freunde und Bekannte begrüßten sich. Nach einer Weile, als alle Platz genommen hatten, betrat einer nach dem anderen die Bühne und trug aus McGaherns Memoiren vor, manche lasen aus dem Buch, andere konnten den Text auswendig. Und dann, ganz natürlich und ohne vorgestellt zu werden, hörte ich McGaherns Stimme:

> Nach einer weiteren Woche kam Mutter nach Hause. Sie war gesund und zufrieden und arbeitete sofort wieder in der Schule. Jeden Morgen gingen wir mit ihr den Schlackenweg zu dem kleinen eisernen Tor, an Bradys Haus und Teich vorbei und an dem Haus, in dem die alten Mahon-Brüder lebten, an dem tiefen dunklen Steinbruch und über die Eisenbahnbrücke und den Hügel hinauf, an Mahons Laden vorbei und zur Schule, und auf demselben Weg kehrten wir abends zurück. Ich bin überzeugt, aus diesen Tagen stammt mein Glauben, dass das beste Leben das still gelebte Leben ist, in dem nichts passiert außer dem ruhigen Verlauf des Tages, in dem Veränderung nicht wahrnehmbar und das kostbare Leben alles ist.

Ich muss zu den wenigen gehört haben, die dieser Stimme zum ersten Mal begegneten. Die Passage, die ich mehrmals in McGaherns Memoiren unterstrichen hatte, war eine Offenbarung, die nur die zuversichtlichsten Träumer für sich beanspruchen konnten. Beneidete ich McGahern? In diesem Augenblick ja, weil ich seinen Worten vertrauen wollte, und doch wusste ich, dass ich es nicht tat. Auch ich konnte so eine Wahrheit vortäuschen: Ich war oft mit täuschender Ruhe durchs Leben geglitten; ich war so zuversichtlich, dass ich den Schein als mein Wesen ausgab. Diese Zuversicht ist jedoch die Leere, die an die Stelle des *Ichs* tritt. In dem Moment, in dem dieses *Ich* in meine Erzählung Einzug hält, löst sich meine Zuversicht auf und hinterlässt weder Traum noch Schein, um mich zu trösten. Kann man leben ohne das, was man nicht haben kann – die Abwesenheit des *Ichs* und die Nähe zu Menschen, die diese Abwesenheit unmöglich macht?

Am nächsten Tag fuhr ich mit einer irischen Schriftstellerin über Land. Wir kamen an einer IRA-Gedenkstätte vorbei, und eine halbe Meile weiter stach ein altes Paar Torf – bei dem guten Wetter, sagte sie, wäre ihr Tag ertragreich. Wir besuchten die McGahern-Bibliothek in einem Schlosshotel. Auf einer goldenen Plakette war der Name des früheren irischen Premierministers Bertie Ahern verunstaltet. Unzufriedenheit mit seiner Rolle beim Zusammenbruch der irischen Wirtschaft, wurde mir erklärt, was mich an eine Lehrerin in der Mittelschule denken ließ, die verhasst gewesen war für ihre endlosen Predigten zur Theorie des Kommunismus. Jemand hatte ihren Namen in eine alte Säule eines Pavillons des Alten Sommerpalastes neben dem Schulgelände geritzt, ein Vandalismus, der Ermittlungen der Polizei nach sich zog. Als wir davon erfuhren, gingen wir alle in der Mittagspause zu dem Pavillon. In jedem Protestierer schlägt ein Herz voll kindischer Schadenfreude.

Wir fuhren zu McGaherns Grab. Er war neben seiner Mutter nahe einer kleinen weißen Kapelle begraben. Hinter den beiden Grabsteinen befand sich das Tor zu einem schattigen Pfad, der zu einem zwischen gepflegten Bäumen halb versteckten schönen Haus führte. Ich fragte, ob es zur Kirche gehörte, doch meine Begleiterin glaubte es nicht. Dann fiel es mir wieder ein: Nach dem Tod von McGaherns Mutter entwarf sein Vater einen Plan für das Grab, doch er blockierte damit versehentlich den Weg vom Familiensitz der Dolans, die das Land der Kirche geschenkt hatten und über das Privileg verfügten, ihren eigenen privaten Weg benutzen zu können und das Kirchengelände nicht durch das öffentliche Tor betreten zu müssen. Juristische Folgen drohten; die Dolans mussten beschwichtigt werden.

> Ich erinnere mich lebhaft an einen ihrer alten Onkel, Charlie Dolan, der Jahre in Amerika verbracht hatte und gern angelte. Im Sommer kam er an den meisten Tagen auf dem Weg nach Garradice an unserem Haus in Corramahon vorbei. Wann immer er einen großen Fisch fing, hängte er ihn an den Lenker seines Fahrrads, obwohl der Schwanz über den Boden schleifte und der Fisch ihm beim Fahren hinderlich gegen das Knie stieß … Es war eine kindische Welt. Die Leute wussten von seiner Schwäche … und Charlie wurde an jeder Straßenbiegung angehalten. Der große Fisch wurde bestaunt und bewundert: Es musste nahezu ein Wunder nötig gewesen sein, um so ein Ungeheuer an Land zu ziehen, und jedes Mal schluckte Charlie den Köder. Dieses Bedürfnis nach Anerkennung und Ruhm muss in menschlicher Einsamkeit wurzeln.

Den Weg und das Haus zu erkennen und mich an die Geschichte dahinter zu erinnern – es war der Augenblick auf meiner Reise, der Klarheit am nächsten kam. Nicht Frieden, aber Solidität. Ein untrügliches Ereignis im Leben eines anderen hatte einen eindeutigen Beweis hinterlassen. McGahern hatte sein Leben unter diesen Menschen geführt, seine Bücher unter Menschen geschrieben. Figuren, reale und fiktive, finden ihren Weg auf die Seiten, nicht besser und nicht schlechter als ihr Schöpfer, der – erneut im Gegensatz zu vielen seiner brillanten Landsleute – keine Zeit damit verschwendet, nach Originalität zu streben. »Wo ich aufwuchs, waren die Menschen und die Sprache und die Landschaft wie mein Atem«, schrieb McGahern gegen Ende des Buchs, als er seine Heimkehr erklärte. Es war nur natürlich, zu seinen Erinnerungen zurückzukehren; die Grenze zwischen Leiden und Fühlen neu zu ziehen, ist eine Erleichterung.

Die Wege, die ich allein in Peking gegangen bin, gibt es nicht mehr. Selbst wenn die Stadt unverändert geblieben wäre: Ich habe mich von den Menschen, der Sprache und der Landschaft abgewandt. Heimkehr wäre in meinem Fall nur bedeutungsvoll, wenn darauf wieder ein Abschied folgte. Eine Rückkehr auf Dauer wäre Resignation. Unter Menschen zu sein – erfordert das, dass man sich mit anderen zu Hause fühlt, mit sich selbst im Frieden ist? Doch ein unruhiger Geist kennt nur einen Weg zum Frieden, den Weg fort von zu Hause, der einen immer wieder in die lebenslange Phobie vor Bindungen führt, so wie Schreiben den Instinkt verrät, sich zusammenzurollen und zu verstecken. Jedes Wort, das man sagt, jedes Wort, das man schreibt, jeder Traum, jede Angst, Hoffnung und Verzweiflung, die man anderen und sich selbst offenbart – sie alle enden wie die Küken, die sich weigern, in die Eierschale zurückzukehren.

Erinnerung ist ein Melodrama, von dem niemand ausgenommen ist

Einer, der hartherzig mit dem gemeinsamen Selbstmord von Stefan Zweig und seiner Frau Lotte ins Gericht ging, war Thomas Mann. »Der Selbstmord Stefan Zweigs in Brasilien ist rätselhaft. Er war sorgenfrei und erfolgreich, für politischen Gram war er zu charakterlos, und sein nachgelassenes Papier erklärt gar nichts. Ich vermute, dass das liebe Geschlecht im Spiele war und dass irgendein Skandal drohte.«

Der Tod ist immer ein privater Augenblick, der öffentlich gemacht wird, außer jemand ist vollkommen isoliert. Ein Selbstmord, eine der privatesten Entscheidungen, die man treffen kann, wird häufig von der Öffentlichkeit übernommen. Diejenigen, die starke Gefühle zum Ausdruck bringen, glauben sich fälschlicherweise im Mittelpunkt einer Geschichte. Die intensiven Emotionen, die ein Selbstmord hervorruft – Zorn, Mitleid, Unversöhnlichkeit, sogar Verachtung –, fordern, was niemand das Recht hat zu fordern: eine Erklärung und die Autorität, über die Erklärung zu urteilen.

Der Wunsch zu sterben kann so blind und intuitiv sein wie der Wunsch zu leben, der jedoch nie in Frage gestellt wird. Ein Selbstmord kann abgetan werden als schiefgelaufenes Drama, das sich zu einem Melodrama wandelt. Wenn eine Tragödie uns aus Mitgefühl zum Weinen bringt und eine Komödie zum Lachen aus Vergnügen, dann entfremdet und verunsichert uns ein Melodrama. Wenn wir weinen, weinen wir unter Protest, argwöhnen, dass wir manipuliert werden;

wenn wir lachen, lachen wir in dem – zweifelhaften – Glauben, dass wir uns jenseits solcher Absurdität befinden. Doch dem liegt ein falsches Verständnis des Melodramas zugrunde. Tragödie und Komödie brauchen ein Publikum, deswegen müssen sie etwas bieten, um Tränen oder Gelächter hervorzurufen. Das Melodrama verfolgt keine solche Strategie. Es erfüllt keine Erwartungen, nur sein eigenes Bedürfnis nach Gefühlen.

Meine Absicht ist es nicht, Selbstmord zu verteidigen. Zu anderen Zeiten meines Lebens hätte ich es vielleicht getan, doch mittlerweile bin ich an einem Punkt, an dem die Rechtfertigungen und Anfechtungen meiner Handlungen ein und dieselbe Auseinandersetzung sind. Alles, was ich sage, wird von mir eingehend hinterfragt, nicht nur die Worte und ihre Logik, sondern auch meine Motive. So wie ein Körper unter einer Autoimmunkrankheit leiden kann, nimmt mein Kopf jedes Gefühl und jeden Gedanken, den er hervorbringt, ins Visier; ein Selbst, das sich seziert, findet selten Ruhe.

In einer idealen Situation ist eine Auseinandersetzung eine Verpflichtung – beide Parteien entdecken etwas Neues, indem sie geben und nehmen. Aber diese Vorstellung ist so naiv wie die Vorstellung eines jungen Menschen von der Vollkommenheit der Liebe. Die Besitzansprüche der menschlichen Natur verwandeln Liebe und Streit in etwas völlig anderes: Sieg, Eroberung, Eigentum, Zerstörung.

Bei der Begabung für diese Art Auseinandersetzung geht es oft darum, die richtigen Gegner zu finden – die man dazu bringen kann, aufgrund von Ehrfurcht oder Schikane klein beizugeben – und diejenigen abzuqualifizieren, die sich dem verweigern. Manns kritische Bemerkung zu Zweigs Selbstmord war eine bereits gewonnene Auseinandersetzung nicht nur gegen den Toten, sondern auch in einer anderen Hinsicht.

Die Welt müsste ihn immer zu Zweigs Tod zitieren. Doch das Schweigen Zweigs herrscht vor.

Es gibt eine andere Möglichkeit, gegen dieselbe Autoimmunkrankheit anzugehen. Eine Freundin ist gut darin, aus der Perspektive von anderen gegen sich selbst zu argumentieren, auch wenn sie die Fehlschlüsse ihrer Argumente durchschaut. Um sich nicht selbst angreifen zu müssen, spaltet sich der Geist: in einen Teil, der sich an die anderen anpasst und sich durch das eigene Verschwinden schützt; und einen anderen, der sich von weniger wichtigen Argumenten nicht erobern und in Besitz nehmen lässt, indem er still bleibt. Das zurückhaltende Selbst ist das Selbst, das überdauern wird.

In die Klasse meiner Schwester ging ein Mädchen, das an Lupus erkrankt war. Sie schien nicht darunter zu leiden, dass sie früh sterben musste, und sie hatte tatsächlich keine zwei Jahre mehr zu leben. Sie lag im Schlafsaal auf ihrem Stockbett und erzählte von ihrem Freund, der als Leibwächter für eine reiche Familie in Hongkong arbeitete, und den teuren Kleidern, die er für sie kaufte und die sie kurz vor ihrem Tod unter ihren Freundinnen und Klassenkameradinnen verteilen wollte. Als ich Elizabeth Bowens Biografie las, erkannte ich die Unverfrorenheit der jungen Frau in Bowens Mutter wieder. Als bei ihr in den Vierzigern Krebs diagnostiziert wurde, sprach sie gutgelaunt über ihren in wenigen Monaten bevorstehenden Tod. Als ich William Trevor zum ersten Mal traf, erzählte er mir, wo er begraben werden wollte. Im nächsten Sommer fuhr ich in die irische Stadt am Meer. Nicht aus sentimentalen Gründen. Ich bin immer noch mehr oder weniger die Person, die ungerührt der jungen Frau in Peking zuhörte, als sie darüber sprach, dass ihre Kleider sie überdauern würden. Ich habe immer geglaubt, dass es Geheimnisse gibt zwischen Leben und Tod, zwischen Sein und Nicht-mehr-sein, die von Menschen, die dem Tod nahe sind, verstanden werden. Auch ich möchte sie kennen.

Aber kennen ist nicht gleich verstehen. Manchmal erinnere ich mich an eine Begebenheit im Krankenhaus, als eine Schwester mir im Flur nachlief, weil ich eine morgendliche Sitzung nicht ertragen hatte, in der alle Teilnehmer ein erreichbares Ziel für den Tag formulieren sollten. Sie war eine strenge Frau, schlank, mit platinfarben gefärbtem Haar. Sie müssen verstehen, sagte sie, dass ein Selbstmordversuch egoistisch ist. Jemand, der mir nahestand, sagte, dass er unverantwortlich sei; jemand anders nannte ihn manipulativ. Ja, ich weiß, was du meinst, sagte ich zu ihnen, auch wenn man Verständnis nicht erzwingen kann. Ohne sie zu verstehen, sollte man nicht über Gefühle sprechen. Man kann die Gefühle anderer nicht vollständig nachvollziehen – das ist eine Tatsache des Lebens, die für alle zutrifft, doch manche schlagen Vorteil daraus, um zu urteilen. Jemand bringt sich nicht aufgrund von Wissen oder Verständnis um, sondern immer aufgrund von Gefühlen.

Im Leben meiden wir Melodramen als Publikum und erst recht als Beteiligte. Ursprünglich war das Melodrama die Musikbegleitung zu Sprache oder Pantomime. Es soll auch noch heute Gefühle evozieren und nicht die Handlung fortführen oder Charaktere erschaffen. Doch Gefühle haben wie Währungen einen Wert. Die Menschen glauben gern, sie hätten in Beziehung zu anderen die Kontrolle über ihre Gefühle. Selbst die Großzügigsten mögen es nicht, wenn sie vermuten, dass sie manipuliert werden, um zu geben. *Ich fühle mit dir, ich freue mich für dich, ich ärgere mich für dich*, sagen sie; oder: *Du verdienst meine Liebe, meine Sympathie, meinen Respekt oder meinen Hass nicht*. Diese Worte reflektieren einen Status. Gefühle können entzogen werden, und sie werden entzogen, wenn die damit verbundenen Erwartungen nicht erfüllt werden.

Als ich in der Armee – und eine Weile lang sehr verzweifelt – war, schien mir der Abzug des Maschinengewehrs die einzige Lösung für mein Leben zu sein. Ich brachte es nicht über mich, abzudrücken – das könnte eine Lüge meines Gedächtnisses sein, eine Überarbeitung, um andere Wahrheiten zu meiden –, weil ich wusste, dass dadurch die Karriere und vielleicht sogar das Leben von zwei Personen, die ich kaum kannte, zerstört würden. Die Gruppenführerin und der Ausbildungsoffizier, der die Schießausbildung überwachte, waren beide freundlich zu mir. Sie hatten keine Ahnung von dem Melodrama, das sich in meinem Kopf abspielte. Ich sehe deutlich vor mir, wie ich der Welt erschien, wie andere mich sahen: Meine Brille war in der Kampfausbildung zu Bruch gegangen, deswegen musste ich mir für die Schießübungen die Brille einer Chemiestudentin ausleihen. Das rechte Glas entsprach in etwa dem meiner Brille, aber das linke war wesentlich stärker. Am Schießstand band ich mir ein Halstuch um das linke Auge, um zielen zu können. Eine Piratin, sagte ich lachend zu einer Freundin.

Nachdem ich das Krankenhaus verlassen hatte, machte ich zwei Tage lang eine freiwillige Ausbildung in einem Hospiz – ich saß bei den Sterbenden, mehr zu tun war einer ehrenamtlichen Helferin gesetzlich nicht gestattet. Viele hielten Ansprachen: Ärzte, Krankenschwestern, Sozialarbeiter, Büroangestellte, ein spiritueller Heiler, ein Kaplan, langjährige ehrenamtliche Helfer, Familienangehörige. Der Sprecher, der mir am besten gefiel, war ein ehemaliger Balletttänzer, der ein Lied vorsang, der Text stammte von einem Gedicht von Emily Dickinson; als er zu Ende gesungen hatte, war sein rosa Hemd schweißnass, und er verließ weinend das Zimmer. Am wenigsten gefiel mir die Frau, die das Freiwilligen-Programm leitete. Sie war frisch verheiratet und zeigte uns vor Beginn der Ausbildung und in den Pausen Dias von ihrer Hochzeit und Hochzeitsreise. Sieht er nicht blendend aus?, fragte sie und bestand auf allseitiger Bestätigung. Sie wies uns auch auf einen alten Freund des Bräutigams hin, der vor Ende der Trauung schon betrunken war und sich mit einem Stück der Hochzeitstorte aus dem Staub gemacht hatte. Sie sei sehr empört gewesen, sagte sie; sie würde darauf bestehen, dass sich dieser Mann von ihrer Ehe fernhielt.

Tragödie und Komödie lassen uns solide Emotionen erleben, über die wir uns mit anderen austauschen können, die verstehen: Sorgen werden weniger quälend, Lachen wird lauter. Das Melodrama jedoch warnt uns. Wir sind die bangen Feinde unserer eigenen Melodramen und der anderer Leute.

Juni 2014. Während ich heute schreibe, wird die Welt mit Bildern und Meinungen zum Tiananmen-Massaker vor fünfundzwanzig Jahren überschwemmt. Alles wird mit Sicherheit behauptet. Menschen, die eine Tragödie beobachten, insbesondere aus der Ferne, sprechen mit großer Eloquenz. Zorn, Schmerz, Idolisierung und Idealisierung eines historischen Ereignisses voller Widersprüche, unglaubwürdige Gestalten auf beiden Seiten, die Menschenleben aufs Spiel setzen, Possen – über all das wird mit einer Arroganz berichtet, die der Thomas Manns ähnelt. Menschen, die ohne Verständnis sprechen, haben keine Mühe, sich in den Mittelpunkt zu rücken.

Als ich die Zeitung las, erinnerte ich mich an etwas, das ich vergessen hatte. Meine Schwester studierte damals Medizin und ging mit Kommilitonen auf den Tiananmen-Platz, um den hungerstreikenden Studenten zu helfen. Einmal kehrte sie mit einem Sonnenhut für mich zurück. Er war aus dünnem weißen Musselin, geformt wie eine viktorianische Haube und wurde Jane-Eyre-Hut genannt. Ich hatte mir schon immer so einen Hut gewünscht. Nach dem Massaker war der Hut verschwunden. Zweifellos hatte mein Vater ihn entsorgt, der am Tag nach dem Blutvergießen in ein nahes Krankenhaus gegangen war, um die Leichen zu zählen: Der Hut war ein den Demonstranten gespendeter Artikel und hätte meine Schwester belasten können.

Dieser Jane-Eyre-Hut ist ein Melodrama. Um dieser Erinnerung einen Sinn zu geben, müsste ich Jahrzehnte von Geschichte durchkämmen, ich müsste in die Vergangenheit anderer Menschen vordringen. Dennoch wäre es ein vergebliches Unterfangen. Ich könnte Tragödie und Komödie auf allen Ebenen – auf nationaler und familiärer und persönlicher – analysieren, doch der Jane-Eyre-Hut ließe sich nicht fassen. Ich könnte nie erklären, warum mich die Erinnerung daran zum Weinen brachte.

Ich sehe eine andere Möglichkeit. Man könnte das hauchdünne Objekt in mehr verwandeln, als es tatsächlich war – in ein Symbol, eine Metapher; dadurch würde es auch zu weniger, als es war. Das Melodrama, stur, wie es ist, verweigert sich derartigen Transformationen.

***

Für oder gegen das Melodrama zu argumentieren bedeutet, wie der Selbstmord, gegen sich selbst zu argumentieren. Als Teil des Publikums war ich immer misstrauisch. Und ich war auch Teil des Melodramas. Aufgrund dieser Erfahrung lehne ich das Melodrama nicht ab. Um es zu verstehen, schlage ich folgende Hypothese vor: Erinnerung ist ein Melodrama; das Melodrama bewahrt die Erinnerungen.

Doch das Melodrama hat keine große Chance zu überleben. Wenn wir in diesem Augenblick nicht mutig genug sind, überhören wir die Musik und müssen sie durch Interpretation ersetzen. Wenn wir das Melodrama erfassen, bereuen wir es – es ist schwer, mit dem Melodrama zu leben. Die Zeit sorgt für das Publikum – externe Kritiker und das zensierende Selbst, versiert darin, das Melodrama zu beschmutzen, kleinzureden oder sogar auszulöschen. Aber die Zeit, der tödliche Feind der Erinnerung, gibt sich als Verbündeter, wenn die Erinnerung damit einverstanden ist, redigiert zu werden und in optimierter Form zu existieren. Die Musik wird erträglicher, fragmentierter; es bleibt eine bearbeitete Partitur.

Letztlich existiert Erinnerung in zwei Formen, und beide sind nicht gefeit vor Verzerrungen: als Melodrama und als Bearbeitung. Man klammert sich an letztere, damit erstere den eigenen Geist nicht Schiffbruch erleiden lässt. Doch des Melodramas beraubt, was bleibt da noch übrig außer einem Leben voll leerer Geschäftigkeit?

Am 18. September 1940 wurde das britische Schiff SS *City of Benares*, das unterwegs nach Kanada war, von einem deutschen U-Boot angegriffen. Unter den Passagieren waren neunzig Kinder, von denen siebenundsiebzig umkamen. Danach stellte die britische Regierung die Evakuierung von Kindern nach Übersee ein. Nicht auf dem Schiff befand sich die elfjährige Eva Altmann, die ungefähr zur selben Zeit an Bord eines Schiffes ging, das von England nach New York fuhr. Eva war die Nichte von Lotte Zweig, Stefan Zweigs zweiter Frau. Zu diesem Zeitpunkt hatten sich die Zweigs – nachdem sie von den Nazis vertrieben und nach Österreich, England, New York und schließlich Brasilien geflüchtet waren – in Petrópolis niedergelassen, wo sie bis zu ihrem Selbstmord zwei Jahre später leben sollten.

Die Zweigs – die die Papiere für Evas Reise und eine Gastfamilie für sie organisiert hatten (»ihr könnt beide gewiss sein, dass wir auf sie aufpassen und sie als Erwachsene und vielleicht mit einem Yankee-Akzent zurückbringen werden«, schrieb Stefan Zweig später an ihre Eltern) – erhielten das Telegramm, das sie von Evas sicherer Ankunft informierte, bevor sie von der SS *City of Benares* erfuhren. »Für uns war der Schock, als wir von der Katastrophe in der Zeitung lasen, so groß wie für euch, und ich kann eure Gefühle verstehen«, schrieb Lotte an ihren Bruder und ihre Schwägerin. »Dieser Gedanke verfolgte uns tagelang. Glücklicherweise war euer Telegramm am Abend zuvor eingetroffen … Na, wenigstens ist sie in Sicherheit …«

Dieser Gedanke wird in dem Brief nicht weiter ausgeführt – der Abstieg in die Hölle muss nicht in allen Einzelheiten ausgemalt werden. Stattdessen beschreibt Lotte im selben Absatz die exotische friedvolle Landschaft von Petrópolis. *Na, wenigstens ist sie in Sicherheit*: Der Satz ist sowohl aufrichtig als auch abschreckend, und er fiel mir während des Lesens auf. Ich las ihn zwischen den zwei Krankenhausaufenthalten; in dem Bemühen von Menschen, andere aufzurichten, sah ich häufig Zurückweisung.

Das Gefühl, das in *Na, wenigstens* zum Ausdruck kommt, ist weitverbreitet sowohl zu Kriegszeiten wie auch im täglichen Leben. Ungefähr zur gleichen Zeit, als die SS *City of Benares* sank, starb in Shanghai ein kleiner Junge an Diphterie. *Na, wenigstens,* sagten die Leute zweifellos zu seiner Mutter – wenn sie sich überhaupt die Mühe machten, sie zu trösten –, *hast du noch zwei ältere Kinder, und ein weiteres ist unterwegs.*

Ein furchtsamer Blick in die Tiefe des Unglücks anderer veranlasst uns, uns an die Hoffnung zu klammern, dass Leiden messbar ist: Es gibt immer größeren Kummer, tiefere Verzweiflung. Wenn wir etwas sagen müssen, können wir nicht vermeiden, unser eigenes Leiden zu konfrontieren, und davor flüchten wir uns in den Gedanken der Messbarkeit. *Na, wenigstens,* betonen wir: Unsere Fähigkeit, andere zu trösten, reicht nur so weit, wie wir uns selbst trösten können.

Stefan und Lotte Zweigs Briefe aus Südamerika sind in Englisch geschrieben. Die Empfänger – Lottes Bruder, Schwägerin und Mutter – lebten damals in England, und Briefe auf Deutsch wären genauer überprüft worden. Ich finde Gefallen daran, diese Briefe auf Englisch zu lesen, vor allem, da sie von einem Schriftsteller stammen, dessen Werk ich nur in Übersetzung kenne. Lottes Briefe lesen zu können, ist ebenfalls wichtig; schließlich beschloss sie ziemlich jung, ihrem Leben ein Ende zu setzen.

Die Briefe der Zweigs aus Brasilien, besonders die späteren, sind melancholisch. Gegen Ende ihres Lebens beschreibt Lotte mehrmals, wie sie zwischen elf und zwölf Uhr mittags auf der Treppe vor dem Haus sitzen und, oft vergeblich, auf den Briefträger und Briefe aus Europa und Amerika warten. »Wir haben den Eindruck, weiter von euch weg zu sein als je zuvor«, schrieb Stefan. Warten ist trügerisch: Statt wie eine Katastrophe mit einem Schlag zu vernichten, erodiert es das Fundament der Hoffnung. »Dieser Tage suchen wir in allen Zeitungen nach guten Nachrichten«, schrieb Stefan um die Zeit, als er Evas Reise organisierte. Ein Jahr später, als er an einer Biografie von Montaigne arbeitete, die er nicht beendete, schrieb er: »Es tut gut, dieser Tage Montaigne und all die zu lesen, die gute Lektionen in Resignation erteilen.«

Indem er resignierte, gab Zweig den Glauben an die Messbarkeit auf – es gibt keine Hierarchie des Leidens. In den Briefen aus Südamerika erinnert er sich häufig selbst daran, dass seine Situation – weit entfernt vom Krieg und an einem Ort, an dem er schreiben kann – beneidenswert ist. Aber wie können wir Zweigs Verzweiflung – ein paar Tage vor seinem Tod war er beim Karneval in Rio und brachte seine »gemischten Gefühle« zum Ausdruck, »bei so einer phantastischen Explosion von Freude dabei zu sein zu einer Zeit, wenn fast überall auf der Welt Menschen von Explosionen getötet werden« – vergleichen mit der Verzweiflung einer Fünfzehnjährigen in China, die Unkrautvernichtungsmittel trank, weil ihr das Leben in einem kleinen Dorf wenig Anlass zur Hoffnung gab? Ihre letzten Tage wurden von den Medien dokumentiert, Fotos eines Mädchens auf einer Bahre bis zu einer in eine Plastikplane gewickelten Leiche.

»In Wirklichkeit gibt es nicht viel zu erzählen, da unser Privatleben jetzt unwichtig ist und die öffentlichen Ereignisse genügend Publizität erfahren«, schrieb Zweig am 31. Dezember 1941. Das eigene Leiden in die eigenen Hände zu nehmen: Ist das nicht auch eine Rebellion, eine Weigerung, das eigene Leben an anderen Leben messen zu lassen?

Ein paar Tage vor dem Jahrestag des Tiananmen-Massakers wurde ich im Radio interviewt. Es sollte um Bücher gehen, aber ich wurde gebeten, mich daran zu erinnern, wie die Demonstrationen im April 1989 zu dem Blutvergießen im Juni führten. Das hätte doch bestimmt vorher jemand recherchieren können, sagte ein Freund hinterher. Nein, es geht nicht um die Recherche, erwiderte ich, es geht darum, ein historisches Ereignis in einem persönlichen Leben zu verorten. In den folgenden Tagen lehnte ich mehrere Bitten um Interviews ab. »Alles, was ich sagen kann, ist schon gesagt«, schrieb ich in meiner letzten E-Mail. »Ich hoffe, Sie verstehen, dass ich dem nichts mehr hinzufügen kann.«

In Wahrheit rührte meine Ungeduld von der Tatsache, dass alles, was im Radio oder Fernsehen gesagt werden kann, simplifiziert oder verzerrt ist. Der Wunsch, individuelle Erfahrungen mit etwas Größerem in Verbindung zu bringen, ist dem Publikum und dem Auftretenden gemeinsam, und der Auftritt wird beurteilt nach seiner Relevanz für die Zeit. Man muss sich entweder diesem Drehbuch fügen oder die eigenen Bedingungen durchsetzen.

In keinem Interview ist es möglich, über den Jane-Eyre-Hut zu sprechen. Es gibt andere Erinnerungen, die nicht mitgeteilt werden können. Als wir eine Woche nach dem Blutvergießen wieder in die Schule gingen, brachte uns eine Freundin, die in der Nähe des Tiananmen-Platzes wohnte, mit allen möglichen Geschichten zum Lachen. Die harmloseste handelte von ihrem Onkel, der eine Dose Coca-Cola öffnete, als ihre Großeltern nicht hinsahen. Coca-Cola und jeder andere Soft Drink waren damals eine Seltenheit, und das zischende Geräusch schreckte das alte Paar auf, wie es früher Schüsse getan hatten. War es grausam von uns, darüber zu lachen? Nach dem Sommer verließ sie das Land und zog zu ihren Eltern nach Deutschland. Später schickte sie uns ein Paket mit Schokolade und einer Kassette, auf der sie Geschichten über ihr neues Leben aufgenommen hatte. Wir – wir waren zu dritt – hörten ihrem Monolog zu: Wie sie sich im Flughafen aus Versehen in der falschen Toilette eingeschlossen hatte, wie sie in einen Hundehaufen trat, während sie einen Apfel auf einer Schubkarre beäugte, wie sie in die Schule ging, ohne Deutsch zu können (ihre Eltern hatten sie in Peking auf die Abendschule geschickt, um Deutsch zu lernen, aber sie hatte entweder den Kurs geschwänzt oder während des Unterrichts billige Liebesromane gelesen).

Als wir eine Kassette aufnehmen wollten, um sie ihr zu schicken, zögerten wir. Peking war an diesem Novemberabend dieselbe Stadt wie zuvor, windig und staubig; die Oberschule hatte sich nicht verändert, manche Mädchen fragten nach ihr, andere hatten sie schon vergessen. Im Sommer, als das Kriegsrecht verhängt wurde, waren wir zu viert mit dem Fahrrad zu einem Militärposten gefahren, an dem ein in sie verknallter Soldat mit seiner Truppe stationiert war. Wenn er seine halbstündige Pause hatte, standen wir an der Straßenecke und sahen unserer Freundin zu, wie sie ihm einen Vortrag hielt über die Untaten der Volksbefreiungsarmee. Der junge Soldat, der noch keine zwanzig war, flehte sie mit rotem Gesicht an, sich nicht in Gefahr zu bringen. Das Kriegsrecht blieb bis ins nächste Jahr in Kraft, aber nach ihrer Abreise fuhren wir nicht mehr zu dem Posten. Da uns keine Geschichten einfielen, die unsere Freundin zum Lachen gebracht hätten, aßen wir die Schokolade und schickten ihr nie etwas.

Mit den Erinnerungen einer Person bin ich von früh an vertraut. Als sie geboren wurde, war ihre Mutter bereits verrückt. Einer ihrer Söhne war an Diphterie gestorben. Zwischen zehn und achtzehn kümmerte sich das Mädchen um die Mutter, während der Vater und die älteren Geschwister woanders ihre Karrieren verfolgten. Während dieser Jahre hatte sie einen jungen Verehrer, einen Schüler, der an Tuberkulose erkrankt war und deswegen die Krankenpflegeschule verlassen musste. Er mietete im Wohnhof ein Zimmer gegenüber der Mutter und der Tochter. Die Szene – sie saß am Fenster und machte halbherzig Hausaufgaben, während er die Arme auf dem

Fensterbrett aufstützte und mit ihr sprach – war mir viele Male beschrieben worden. Sie ist mir so vertraut, dass sie auch aus einer Erzählung von Zweig stammen könnte. Es ist nicht schwer, die Tragödie zu verstehen. Das Mädchen verliert die Mutter, die in einer Irrenanstalt stirbt; das Mädchen verliert durch seinen frühen Tod auch den jungen Mann. Doch Unglücksfälle – Krankheiten, Epidemien, Kriege, Naturkatastrophen – sind keine Melodramen. Melodrama ist absolute Loyalität zum ursprünglichen Augenblick.

Manche Kritiker sind der Ansicht, dass meine Werke nicht politisch genug sind. Ein junger Mann sprach mich bei einer Lesung an und hinterfragte mein Desinteresse, eine politische Autorin zu sein. Ein Journalist in China erklärte mir, dass die meisten Schriftsteller an ihre historische Verantwortung unserer Zeit gegenüber glauben. Warum willst du diese Erwartung nicht erfüllen?, fragen sie, und wenn ich ihnen antworten würde, würde ich Folgendes sagen: Ich habe mich im Leben oft von den Drehbüchern abgewandt, die mir sowohl in China als auch in Amerika gegeben wurden; meine Weigerung, mich vom Willen anderer definieren zu lassen, ist mein einziges politisches Statement.

Ein Melodrama ist nie politisch, und es ist nicht meine Aufgabe, die Erinnerungen meiner Figuren zu manipulieren. Es ist vermessen von jedem, abgesehen von den Figuren selbst, ihren Erfahrungen ein Etikett – historisch, politisch, ideologisch – anzuheften oder ihren Erinnerungen eine Bedeutung aufzudrücken. Die Figuren, die das tun, haben eine Agenda, aber es ist nicht meine Agenda. Meine Neugier zielt darauf ab zu beobachten, wie Erinnerungen, sowohl als Melodrama als auch als kontrolliertes Narrativ, in der Zeit weiterleben. Wer von uns traut sich zu, mit Gewissheit zu behaupten, dass unsere Erinnerungen nicht verzerrt sind von der

Zeit, dem süßesten Gift und bittersten Gegengift, der unglaubwürdigen Verbündeten und verlässlichen Zerstörerin?

Manchmal stelle ich mir vor, das Schreiben wäre eine von mir durchgeführte Befragung, und ich frage jeden, dem ich in der Realität und in der Literatur begegne: Wie viel deines Lebens lebst du so, dass andere dich kennenlernen? Dich verstehen? Wie viel deines Lebens lebst du so, dass du andere kennen- und verstehen lernst? Aber wie bei allen Studien sind die Fragen zu simpel. Wie sehr glaubt man anderen, dass sie gekannt und verstanden werden wollen, wie sehr glaubt man an die Fähigkeiten einer Person, andere zu kennen und zu verstehen?

Im Leben suchen wir nach gleichgesinnten Menschen trotz – oder wegen – der Grenzen, die dem Kennen und Verstehen gesetzt sind. Wir schieben die Grenze immer weiter hinaus, damit wir uns weniger einsam fühlen, doch damit geht eine andere Art Einsamkeit einher. Auf der Suche nach anderen versuchen wir unweigerlich, den ersten Schritt einer Interaktion zu manipulieren. Wir bestehen darauf, nur in der Version gekannt zu werden, die wir für uns selbst bevorzugen. Ein kontrolliertes Narrativ, das sich an andere richtet, ist nicht weit entfernt von Erinnerungen, die wir für uns selbst überarbeiten: Beide schützen uns vor dem Treibsand der Gefühle. Und die Menschen, die uns jenseits unserer bevorzugten Version kennen – aufgrund von Nähe, Intuition, Beobachtung –, müssen dasselbe Unbehagen in uns hervorrufen wie ein Melodrama. Trägt unser Argwohn vor dem Melodrama zu unserem Wunsch bei, ihrem Blick zu entkommen, oder ist es umgekehrt, fühlen wir uns zeitweilig vor unseren Erinnerungen geschützt, weil wir die meiden, die mehr Zugang zu unserer inneren Welt haben, als wir gewillt sind, ihnen zuzugestehen?

Viel vom Chaos des Lebens ist der Tatsache geschuldet, dass wir in vielen wichtigen Beziehungen mehr als eine Person sind. Ein Kind, das auf der Suche nach seiner verrückten, von den Nachbarn verspotteten Mutter die Straße entlangläuft, ist auch die Hüterin seiner Mutter. Ein Vater, der vom Tod als einer Erlösung spricht, wird unwissentlich zu einem Mitverschwörer, wenn das Kind bereits Trost in demselben Gedanken gefunden hat. In Freundschaften und Liebesverhältnissen jenseits der Kindheit – ergeben sie sich zufällig oder willentlich? –, in all diesen Beziehungen präsentiert sich jede Person als mehr als nur ein Selbst, und zu diesen multiplen Versionen gehören Erinnerungen, die nur zu einer Version passen und nicht zu einer anderen. Dank diesen widersprüchlichen Erinnerungen kann eine Beziehung ein unerwartetes melodramatisches Element annehmen, da keins der kontrollierten Narrative unangefochten bleiben kann. Gemeinsame Erinnerungen können gemieden werden; obwohl es oft gerade gemiedene Erinnerungen sind, die Menschen verbinden.

Nur in den belanglosesten oder vertraglich eindeutig festgelegten Interaktionen ist es möglich, dass eine Person nur eine einzige vereinbarte Rolle übernimmt, und in diesen Situation können Erinnerungen überschrieben werden. Auch mit einem Buch ist eine weniger komplizierte Beziehung möglich. Ein Buch ist zeitlos; man ist nur für die eigenen Veränderungen im Lauf der Zeit verantwortlich.

Mehrere Personen zu sein und mit den Konsequenzen zu leben, ist unvermeidlich. Man kann sich auch für das Gegenteil entscheiden, und der Glaube, nichts zu sein, erschien mir die logischste Weise, mein Leben zu leben. Nichts zu sein bedeutet, unsichtbar und ersetzbar zu sein; für andere nichts zu sein heißt, für sich selbst alles zu bleiben. Nichts zu sein ist eine Möglichkeit, gegen die Autoimmunkrankheit des Geistes anzukämpfen, und das kommt dem Schweigen meiner Freundin am nächsten. Aber Schweigen ist kein Melodrama oder zumindest präsentiert es sich nicht als solches.

In Amerika wurde Zweig in den letzten Jahren wiederentdeckt, doch für mich ist er mit den 1980er Jahren verbunden, als ich ihn im Alter zwischen vierzehn und siebzehn unermüdlich las. Eine meiner bevorzugten Novellen ist »Brief einer Unbekannten«. Der Empfänger des Briefs, ein berühmter Schriftsteller und Frauenheld, kennt die Absenderin nicht, eine Frau, die behauptet, ihn ihr ganzes Leben lang geliebt zu haben. Als junges Mädchen und seine Nachbarin sieht sie, wie er ein reges Leben unter Frauen führt. Später hält er sie für eine Prostituierte. Sie bekommt ein Kind von dem Mann, das der Grippeepidemie von 1918 zum Opfer fällt. Die Mutter, selbst vom Tod gezeichnet, schreibt den Brief, um ihm die lebenslange Liebesgeschichte zu erzählen.

Es ist eine melodramatische Geschichte in dem Sinn, in dem das Wort Melodrama im Allgemeinen benutzt wird – es ist nicht überraschend, dass sie mehrmals verfilmt wurde –, aber Zweig hob die Frau über das reine Klischee hinaus, indem er ihr ein Schicksal zugestand, das ihr die meisten verweigert hätten. Die Frau, die ihr Unglück annimmt, hintergeht sich nicht selbst, indem sie in ihrer Verzweiflung Würde bewahrt. Ohne Bedauern nennt sie ihr Leben »eine sinnlose Qual«.

Als ich die Novelle zum ersten Mal las, war ich fasziniert von der heroischen Loyalität der Frau. Jetzt sehe ich, was mir damals entging: Es ist nicht so sehr eine Geschichte unerwiderter Liebe, als vielmehr eine Geschichte über das Übergreifen des Melodramas. Die Frau wirft dem Mann »fast unmenschliche Vergesslichkeit« vor, doch die Notwendigkeit zu vergessen ist nur allzu menschlich. Wahrhaft unmenschlich ist die Weigerung der Frau: Sie hat den Mut, das Melodrama intakt zu lassen, die Hartherzigkeit, eine andere Person darin einzusperren. Die Grausamkeit des Melodramas besteht darin, wie der Selbstmord sein Existenzrecht weder anzuzweifeln noch zu rechtfertigen. Vernichtender ist es, das Opfer der Erinnerung eines anderen Menschen zu werden, als das politischer oder historischer Unruhen. Am Ende der Novelle schaudert der Mann. Wer also erfährt wirkliches Leid: die Frau, die das Melodrama als einzige Form ihrer Erinnerungen aufrechterhalten hat, oder der Mann, der nach einem Leben leerer Betriebsamkeit unvorbereitet von der Wahrheit überrascht wird, dass er in der Erinnerung einer anderer Person gefangen ist und für immer bleiben wird?

Heute habe ich im Gegensatz zu damals, als ich sechzehn war, Vorurteile gegen die Frau, weil ich auf der Hut bin vor dem Schaden, den das Gedächtnis einer Person anrichten kann. Dein Vater wird eine andere Frau heiraten, kaum dass ich tot bin, flüsterte mir meine Mutter wiederholt zu, als ich klein war. Ich kann nicht sterben, weil ich nicht will, dass du bei einer Stiefmutter leben musst. Oder sie wurde von einer unerklärlichen Wut erfasst und sagte, dass ich, die einzige Person, die sie liebte, den schrecklichsten Tod verdiente, weil ich sie nicht genügend liebte. Warum hast du mich so verflucht, Mutter, warum hast du sie nicht daran gehindert, Vater? In Wahrheit will ich die Antworten jedoch gar nicht wissen. Ich denke auch nicht gern an die Fragen – was andere und die Welt einem angetan haben, sollte einen weniger definieren als das, was man sich selbst angetan hat.

Ein Kennzeichen von Jugend und Unerfahrenheit ist die Renitenz, die Weigerung, das Leben zu akzeptieren, wie es ist.

In seinen Memoiren erinnert sich Graham Greene an den ersten Film, den er mit sechs sah – einen Stummfilm über ein Küchenmädchen, das zu einer Königin wird –, und die Musikbegleitung dazu. »Ihr Marschieren wurde von einer alten Dame am Klavier begleitet, und das misstönende Tock-tock-tock blieb mir im Gedächtnis, während andere Melodien verblassten … Diese Art Buch wollte ich immer schreiben: eine hochromantische Geschichte voller Hoffnungen, die sich als Illusionen entpuppen, zu denen wir jedoch im Alter zurückkehren, um der traurigen Realität zu entkommen.« Greene ist der einzige Autor, den ich gelesen habe, der nicht nur zugab, dass er Melodramen liebte, sondern auch Melodramen schreiben wollte. *Ich auch!*, schrieb ich an den Rand. Es war das einzige Mal, dass ich diesen Ehrgeiz eingestand, wenn auch nur einem toten Mann gegenüber. Es ist nicht wichtig, wenn ich es nicht schaffe. Einen Augenblick – des Lebens, der Geschichte – einzufangen, ist der schlechtere Beweggrund zu schreiben, als das Melodrama zu konfrontieren, zu verstehen, wie Illusionen neue Illusionen zeugen, wie Erinnerungen Lobreden auf Erinnerungen halten.

Als ich die Novelle erneut las, erinnerte ich mich nicht mehr an die Musik, die ich beim ersten Lesen gehört hatte. Ich respektiere die Frau für ihren unerschütterlichen Glauben an die Erinnerung. Wie viele können das für sich beanspruchen? Es gibt Menschen, die wir in unsere Erinnerungen einladen möchten, und andere, von denen wir wünschen, sie würden uns in ihre einladen; wir sind bestrebt, bestimmte Menschen in unsere zukünftigen Erinnerung einzubauen. Doch letztlich hat diese Musik etwas Unerträgliches. Hin und wieder mag man ein paar Phrasen in der Einsamkeit hören, und man mag sich erlauben, ihr Echo in einer Geschichte oder einem kurzen Gespräch wiederzufinden, doch dieses Melodrama mit einer anderen Person zu teilen oder sich selbst voll und ganz einzugestehen, erfordert Weisheit und Mut.

Nach D'J Pancakes Selbstmord bat seine Mutter Alan McPherson, eine Einführung zu seinen gesammelten Erzählungen zu schreiben. Pancake studierte in den 1970er Jahren mit McPherson an der University of Virginia, und sie wurden Freunde. McPherson war mein Mentor am IOWA Writers' Workshop.

Pancake hatte die Gewohnheit, jedem in seinem Leben Geschenke zu machen. »Er liebte es zu geben, aber er hat nie gelernt, etwas anzunehmen. Er fühlte sich eines Geschenks nie würdig«, schrieb Pancakes Mutter in einem Brief an McPherson. Auch McPherson ist großzügig mit Geschenken. In einem Sommer schenkte er jedem Workshop-Teilnehmer eine Spielzeugmaus, die sang und Kung-Fu-Übungen machte; in einem anderen Sommer schenkte er jedem ein Buch (*Herr und Knecht und andere Geschichten* von Tolstoi). Vor der Geburt unseres älteren Sohnes schenkte er uns eine handtellergroße, mit kleinen Figuren verzierte Uhr; unserem jüngeren Sohn, McPhersons Namensvetter, schenkte er eine Geschenkausgabe von *Gute Nacht, lieber Mond;* dann gab es für unsere Familie wunderschön gestaltete Teller und teure Schokolade von Von Maur, einem Kaufhaus in Iowa City, in dem am Nachmittag eine Pianistin in einem langen Kleid für das nahezu leere Haus Chopin spielte. Nur ein einziges Mal erwiderte ich seine Großzügigkeit, während ich in Iowa war, als eine Freundin und ich uns auf einem Parkplatz mit einem Blumenhändler, einem früheren Kollegen, trafen, um McPherson zum sechzigsten Geburtstag sechzig Blumen zu kaufen. Es war Herbst, spät in der Saison, und der Blumenhändler ärgerte sich über den Zeitpunkt. Wenn ihr nur letzte Woche gefragt hättet, sagte er, da hatte ich bessere Blumen. McPherson nahm das Geschenk ebenso großzügig an, wie er selber schenken konnte.

»Ich habe immer gedacht, dass die Geschenke, die er machte, eine Möglichkeit waren, die Menschen zu seinem ganz persönlichen Bereich auf Distanz zu halten, sie sollten sich auf die Persona konzentrieren, die er aus dem Rohmaterial seiner besten Eigenschaften erschaffen hatte«, schrieb McPherson über Pancake. Es fällt mir immer schwer, diesen Satz und viele andere Sätze zu lesen. Pancakes beständiger Wunsch, etwas zu schenken, ist mir vertraut, obwohl ich nicht schenken kann, ohne meine Motive zu hinterfragen. Wenn Schenken weniger mit Großzügigkeit zu tun hat, sondern mehr mit dem Trost, den es der schenkenden Person bringt, macht das einen Egoisten aus ihr? Könnte das viele Schenken bedeuten, dass man sich an die Selbsttäuschung klammert, dass es etwas zu verschenken gibt – während es in Wahrheit wenig oder nichts gibt. Wenn man viel gibt, wäre man dann eines Tages jemand, der gut genug ist, um geliebt zu werden?

Man könnte sagen, dass Pancake das Melodrama in sich nicht auf andere übergreifen ließ wie die Frau in Zweigs Novelle. Er gab mehr, als er hatte, mehr, als er hätte geben sollen, aber er sperrte niemanden in sein Melodrama ein. Menschen, die nie Selbstmordgedanken hegen, neigen dazu, die Tat für selbstsüchtig und feindselig zu halten, aber sie übersehen einen entscheidenden Punkt. Man will nicht unbedingt sein Leben beenden, aber den Körper zu zerstören, kann zu der einzigen Möglichkeit werden, den Schmerz zu stoppen – der ewige Kampf gegen das eigene Melodrama, damit es nicht auf andere übergreift. Ich misstraue Urteilen – Manns Urteil und dem Urteil anderer – über Selbstmord. Es sind letztlich Urteile über Gefühle.

Im Krankenhaus war ein junges Mädchen, das gerade mit dem College angefangen hatte. Sie wanderte durch die Flure und warnte die Menschheit, die von einer fremden Technologie erobert werden sollte. Ihre Gedanken waren so brillant und kenntnisreich, ihre Worte so voller Humor und Weisheit, ihre Warnungen so musikalisch wie der Chor in einer griechischen Tragödie, dass ich sie oft voller Bewunderung beobachtete. Zur Besuchszeit kam stets ihre Mutter, und einmal brachte sie eine Freundin mit, die mit dem Mädchen aufgewachsen war. Mutter und Tochter gingen im Flur auf und ab, und die Freundin, einen Schritt hinter ihnen, weinte lautlos, ohne die Tränen wegzuwischen. In seinem Vorwort gesteht McPherson ein, dass er irgendwann einmal Distanz zu Pancake halten wollte. Monatelang wollte er ein Paket von Pancake nicht anrühren; er öffnete es erst, als er von seinem Tod erfuhr. Wie McPherson vermutet hatte, enthielt es ein Geschenk, zudem einen Brief, in dem Pancake schrieb, dass er keine Antwort erwarte – was nahezu immer das Gegenteil bedeutet. Das Einvernehmen zwischen zwei Menschen und die Entfremdung aufgrund dieses Einvernehmens – ich muss zugeben, dass mich die Freundschaft zwischen McPherson und Pancake verunsichert. Diese Tragödie hat nichts mit dem Publikum zu tun. Sie handelt vom Melodrama einer Person, die das Melodrama einer anderen meidet; sie handelt vom Schweigen, das eine Niederlage erleidet.

Jemand fragte mich, warum es mir nichts ausmache, mich durch das Schreiben eventuell bloßzustellen. Ich hielt es für eine ganz selbstverständliche Frage für mich, und doch hatte ich sie mir nie gestellt. Sich bloßgestellt zu fühlen heißt, dass ein Fremder gegen meinen Willen etwas über mich erfahren könnte, indem er meine Worte liest. Vielleicht kann er das, und er wird eine richtige oder falsche Schlussfolgerung daraus ziehen, aber das bedeutet nichts weiter, als dass ich unter externen Bedingungen definiert werde.

Das Äußere hat einen beschränkten Anspruch auf Verständnis und Gefühle. Ich kann nie mit Sicherheit sagen, dass ich die von mir geschaffenen Charaktere verstehe; ich habe gewiss nicht das Recht zu behaupten, dass ich ihre Gefühle vollständig nachvollziehen kann. Doch wenn ich sie, wie bruchstückhaft auch immer, kenne, will ich mehr über sie wissen. Gibt es eine verschwiegenere Weise, sich auseinanderzusetzen, als mit Personen zu ringen, die mich weder kennen noch sehen? Mein Melodrama greift nicht auf sie über und fügt ihnen keinen Schaden zu. Im realen Leben habe ich diese Gewissheit nicht.

Ich frage mich, ob es einen Endpunkt für das Wissen gibt, nicht, dass jemand alles wissen kann, aber genug. Das ununterbrochene Bemühen, etwas zu erfahren – ich habe es bei meiner Freundin erlebt, die ständig sowohl gegen sich wie gegen die Welt argumentiert –, kann zum Schutz gegen das Melodrama werden, wozu Verständnis und Gefühle nicht in der Lage sind.

Eva Altmann blieb bis 1943 in Amerika, dann kehrte sie zu ihren Eltern nach England zurück, später wurde sie Ärztin. Wäre Eva bei der Atlantiküberquerung umgekommen, wäre sie zu einer Fußnote in der persönlichen Geschichte der Zweigs und der Geschichte Englands geworden. Das englische Wort *affiliation*, Verwandtschaft, Zugehörigkeit, hat die gleichen Wurzeln wie *filial*, kindlich. Das Glück des Kindes ist es, dass es nicht nur durch seine Zugehörigkeit zur Welt definiert wird: seine Eltern, sein Erbe, sein Gedächtnis und seine Geschichte, die ihm eine unabhängige Zukunft verweigern.

Eva war ein kleines Bruchstück der letzten Jahre der Zweigs, aber wenn ich ihre Briefe aus dieser Zeit lese, stellt sich mir die sinnlose Frage: Was, wenn sie dafür gesorgt hätten, dass Eva bei ihnen lebt? In vielen Briefen an Evas Eltern fragten sie, ob es nicht besser wäre, wenn sie zu ihnen nach Brasilien käme, und in fast jedem Brief versuchten sie, sich selbst und Evas Eltern davon zu überzeugen, dass New York ein besserer Ort für ein junges Mädchen war. In seinem letzten Brief an die Altmanns, geschrieben am Tag vor ihrem Selbstmord (und drei Tage später von der Post abgestempelt und wie der Brief in Zweigs Novelle erst nach seinem Tod zugestellt), schrieb Stefan: »Wäre Lotte bei besserer Gesundheit und wäre Eva bei uns, wäre es sinnvoll gewesen, weiterzumachen ...« Hätte ein junges Leben einen Anker geboten? Drei Monate zuvor hatten die Zweigs überlegt, sich aufgrund ihrer extremen Isolation einen Hund zuzulegen – »... nur fürchten wir, ihn ins Herz zu schließen, wenn wir eines Tages umziehen oder weggehen müssten«.

Briefe und Tagebücher ermöglichen dem Schriftsteller, eine Position der Überlegenheit einzunehmen, so illusorisch sie auch sein mag, hinsichtlich der Erosion durch die Zeit. Und sie geben dem Leser das schmeichelhafte Gefühl der Verwandtschaft. In einem Tagebucheintrag schreibt Katherine Mansfield, sie liebe Tschechow so sehr, dass sie ein russisches Baby adoptieren und es Anton nennen wolle. Diese emotionale Durchsichtigkeit erschien mir peinlich. Damals spürte ich den Drang zu lachen, weil es mir Angst einjagte, in ihrem Wahn einen winzigen Teil meiner Selbst wiederzuerkennen. Viel später wurde mir klar, dass sie zu diesem Zeitpunkt schon an Tuberkulose starb, an der gleichen Krankheit, die auch Tschechow früh dahingerafft hatte. Unsere Bewunderung für eine Person oder unsere kritische Einstellung zu ihr spiegeln möglicherweise das wieder, was wir an uns selbst lieben oder hassen.

Was gewinnen wir, wenn wir das Leben eines Fremden kennenlernen wollen? Wenn wir die Aufzeichnungen einer Person lesen, wenn wir ihre privatesten oder verletzlichsten Augenblicke mit ihr erleben und wenn ihre Worte eloquenter über unsere eigenen Gefühle sprechen, als wir es vermögen, können wir sie dann immer noch als fremd bezeichnen? Ich habe mich selbst überzeugt, dass die Lektüre von Briefen und Tagebüchern eine Möglichkeit ist, mit den Verfassern zu sprechen, aber vermutlich ist das ebenso vorschnell, wie zu behaupten, dass das Lesen einer Partitur das Gleiche ist, wie die Musik zu hören. Ein Gespräch erfordert mehr als ein paar Bemerkungen am Seitenrand.

Manchmal vermute ich, dass ich mich zu denen hingezogen fühle, die nicht mit mir sprechen können, weil ich noch immer den kindischen Wunsch hege, sie würden mir beibringen, wie ich leben sollte. Oder in einer etwas komplizierteren Version: Ich wünschte, sie würden mich lehren zu sterben. Doch ihr Tod ist uns nur in einer redigierten Version zugänglich. Ihre Briefe und Tagebücher enden kunstvoll und artifiziell überarbeitet von Lektoren. Der letzte von Hemingways gesammelten Briefen ist an einen neunjährigen Jungen geschrieben, drei Wochen vor Hemingways Selbstmord, und der Junge lebte auch nur noch sieben Jahre. Turgenjew schrieb auf dem Sterbebett an seinen entfremdeten Freund Tolstoi: »Ich schreibe Dir, um Dir mitzuteilen, wie glücklich ich bin, Dein Zeitgenosse gewesen zu sein, und eine letzte aufrichtige Bitte an Dich zu richten. Mein Freund, kehre zurück zur Literatur!« Mansfields letzter Satz aus einer unvollendeten Erzählung endet mit einer Beobachtung, wie sie nur eine sterbende Mansfield machen konnte: »Es war ein wunderschöner Tag. Einer dieser Tage, die so klar, so still, so lautlos sind, dass man das Gefühl hat, die Erde wäre stehengeblieben vor Erstaunen über ihre eigene Schönheit.«

Alle Menschen lügen im Schreiben ebenso wie im wirklichen Leben. Es frustriert mich, dass ich an einem unrealistischen Glauben festhalte: In jedem Geist steckt eine unbestreitbare Wahrheit, und diese Wahrheit wird in einem Brief oder einem Tagebucheintrag offen und ehrlich ausgesprochen. Meine Aufgabe ist es, nach dieser Wahrheit zu suchen, und wenn ich sie finde, gibt sie mir eine Gewissheit, die ich in mir selbst nicht finde. Dank dieser Gewissheit werde ich ein solides Selbst aufbauen können. Diese beschwerlichen Aufgaben nehme ich nie auf mich, wenn ich Literatur lese oder schreibe.

Ich las Zweigs Briefe aus Südamerika, weil ich verstehen wollte, wie sie in diese dunkelste aller Depressionen stürzen konnten. Aber die Nebenhandlung – wenn man es eine Nebenhandlung nennen kann – mit Eva wirkte diesem Sturz entgegen. Es gab Augenblicke des Lachens, der Weltlichkeit und sogar der Trivialität. Die Kommentare der Zweigs über Evas Gastfamilie waren nicht immer freundlich; das Internat im Staat New York betrachteten sie mit europäischem Misstrauen; sie klagten über ihre Säumigkeit zu schreiben und führten sie auf den amerikanischen Einfluss zurück; sie hatten Angst, dass ihre Gastfamilie sie nicht mehr hergeben wollte; und immer wieder diskutierten sie, ob Eva nicht nach Brasilien kommen sollte. Als die Zweigs zunehmend melancholisch wurden und – insbesondere Stefan – sich weigerten, an eine Hoffnung für sich selbst und die Menschheit zu glauben, schlossen sie Eva nie in ihre Verzweiflung mit ein. Es ist das gleiche Wunschdenken, in dem Eltern ihren Kindern die Schwierigkeiten ersparen wollen, die sie selbst durchlebt haben. Doch würden Eltern ohne dieses Wunschdenken nicht zulassen, dass das Melodrama ihrer eigenen Erinnerungen das Schicksal der nächsten Generation diktiert?

Hin und wieder bekomme ich E-Mails von Leuten, die ich kurz irgendwo getroffen habe. Sie beginnen oft mit: »Sie werden sich nicht an mich erinnern.« Das fasziniert mich. Die Hoffnung, erinnert zu werden, wird ausgedrückt in der Annahme, dass man bereits vergessen ist.

Manchmal antworte ich dann aus Spaß mit einer ausführlichen Beschreibung der Begegnung mit dem Sender der E-Mail. Die Leute sind überrascht und erfreut, dass ich mich an sie erinnere, aber ich war nicht ehrlich zu ihnen. Es besteht ein Unterschied zwischen erinnert werden und sich zufällig in den Maschen des Gedächtnisses verfangen.

Vor vielen Jahren verließ ein junger Mann aus einer Bauernfamilie im Süden Chinas sein Zuhause, um theoretische Physik an einer Universität zu studieren. Er war der Erste in seinem Dorf, der die Oberschule absolviert hatte. Seine Mutter konnte es sich nur leisten, ihm ein Paar Socken zu kaufen, und die Dorfbewohner legten ihre beschränkten Mittel zusammen, um ihm einen Koffer zu schenken. Mit einem Paar Socken in einem ansonsten leeren Koffer reiste er nach Norden. Die Universität versorgte ihn mit Kleidung und Bettzeug, und er trat sofort in die Kampfsportmannschaft ein. Er war kein sportlicher Typ, aber er nahm in den nächsten vier Jahren an Wettbewerben teil, damit er genügend zu essen hatte.

Schließlich lernte der junge Mann ein Mädchen kennen und heiratete sie. Er wurde zu einem Sammler von Dingen, sie zu einer Sammlerin von Erinnerungen. *Na, wenigstens,* sagten wir, wird nichts verschwendet oder geht verloren, und so war es. Ich wuchs auf mit dem Grauen, dabei zusehen zu müssen, wie Stapel alter Zeitungen Staub ansammelten und verbrannte Streichhölzer zurück in die Schachtel gelegt wurden. Doch mehr noch fürchtete ich die Erinnerungen, die nicht meine waren, aber so unerbittlich angehört und erinnert werden mussten als die einzigen Erinnerungen, die von Bedeutung waren.

Was geschieht mit jemandem, der bei Eltern aufwächst, die sich nicht von Dingen und Erinnerungen trennen können? Berührbare Objekte können auch zu kristallisierten Erinnerungen werden, und ich frage mich, ob im Festhalten meines Vaters an kleinen benutzten Dingen ein ähnliches Melodrama steckt wie in der hemmungslosen Verletzlichkeit und Grausamkeit meiner Mutter. Nichts – an nichts festhalten, nichts behalten – war ein Schutz vor diesen Melodramen, bis er keiner mehr war.

Ich war für eine Lesung in Iowa City, und McPherson lud mich zu sich nach Hause ein. Er hatte einen Tisch mit Tellern, Silberbesteck, neuen Servietten und Wein gedeckt, und ein Freund brachte Essen aus einem Restaurant. Während des Essens sprach er viel über sein Leben, manches davon wusste ich bereits, anderes hatte ich von Leuten in seiner Umgebung gehört. Das Essen hätte ewig weitergehen können, aber ich musste ständig auf die Zeit achten. Als ich ging, fragte er mich, ob ich am nächsten Tag wiederkommen könne, und ich verneinte, weil ich frühmorgens nach Chicago fliegen musste.

Da sah ich zum ersten Mal, dass er weinte. Ich lernte McPherson zu einer anderen Zeit in seinem Leben kennen als Pancake, und ich hatte nie versucht, ihn mit McPherson, dem Schriftsteller zu seinen besten Zeiten, in Verbindung zu bringen. Nur einmal, als er mir ein Buch lieh, sah ich auf der letzten nicht bedruckten Seite, dass er ein Gespräch mit Ralph Ellison notiert hatte. Ich fragte ihn nicht, ob es ein Transkript war, ein Gespräch, das er sofort hatte aufschreiben müssen, um sich daran zu erinnern. Über die Jahre hatte ich ihn immer wieder wegen seiner ungesunden Lebensweise gescholten, und wenn er guter Laune war, benahm er sich wie ein gezüchtigtes, aber unkooperatives Kind, doch ich spürte Distanz zwischen uns. Ich erklärte mir mit meiner Schüchternheit und seiner Südstaaten-Korrektheit, dass er mich immer noch mit Ms Li ansprach. Aber jetzt vermute ich, dass ich einer tieferen Bindung widerstand, so wie er sich weigerte, das Paket von Breece Pancake zu öffnen. Ich wollte glauben, dass ich McPherson mehr über seine Arbeit kennengelernt hatte. Wenn man eine Person versteht: Vielleicht ist dann Wissen nicht mehr wichtig oder zu wichtig, als dass man es noch ertragen könnte.

Während des Essens gab es einen Augenblick, als ich dachte, viele Dinge sehen zu können, die erst noch eintreffen mussten: McPhersons Zukunft, seine sich verschlechternde Gesundheit, seine Einsamkeit und auch meine Zukunft. Dass er nicht allgemein bekannt und heute weitgehend vergessen ist – das ist nicht überraschend. Sein Leben lang rebellierte er gegen das, was andere aus ihm machen wollten – einen gehorsamen Fronarbeiter oder einen politischen Krieger. Seine Weigerung bedeutet zu jeder Zeit in jedem Land eine verlorene Schlacht.

Wenn die Zukunft, die noch keine Erinnerung ist, vorzeitig zu Erinnerung wird, fühlt man sich aus dem Gleichgewicht gebracht. Ich lief an jenem Abend weg, weil ich nicht wollte, dass McPherson meine Panik sah. Am nächsten Tag rief ich eine Freundin an und fragte sie, wie er hatte leben können, ohne sich umzubringen. Es war eine schreckliche Frage, doch was ich zu diesem Zeitpunkt nicht sagen konnte, war: Wie konnte man damit aufhören, Trost in dem Frieden zu sehen, den der Tod mit sich bringt? Ich hatte während des Essens mit McPherson mit diesem Gedanken gespielt, und ich hatte mir wiederholt diese Erleichterung für meinen Vater gewünscht. Was ist weniger vertretbar: das eigene Leben aufzugeben oder die Hoffnung für andere, die man liebt?

Es ist schwer, jemanden leiden zu sehen, der einem nahesteht. Das Unglück mag daher rühren, dass man die Schmerzen nicht versteht, aber meist beruht es auf dem Wissen, dass das Leiden, auch wenn es ein Ende hat, in der Erinnerung weiterlebt. Ein Kind versteht die Erinnerungen seiner Eltern nicht und sollte sie auch nicht verstehen, doch dieses Unverständnis bedeutet nicht, dass es verschont wird. Das Kind in jedem von uns trägt nicht nur die Last an Melodrama der eigenen Erinnerung, sondern auch die früherer Generationen.

Ralph Ellison, an der Zeit leidend, sagte zu McPherson: »So hätte es nicht sein *sollen*.« McPherson muss das auch zu sich selbst gesagt haben. Diese Art Enttäuschung muss resultieren aus der Hoffnung, verstanden zu werden. Ich bin davor davongelaufen zu meinem Nichts, meinem Fatalismus und meinem Beharren darauf, unbedeutend zu sein, doch habe ich keinen Moment gezögert, Zweig oder Mansfield oder andere Autoren zu lesen. In diesen Fällen bin ich geschützt: Ihre Erinnerungen werden nie zu meinen werden.

Die Unzulänglichkeit des Schreibens ist ähnlich der Unzulänglichkeit des Versuchs, mit einer anderen Person in Verbindung zu treten. Es ist wesentlich, dass das Melodrama einer Geschichte zu dem des Lesers spricht, doch macht das Melodrama solche Begegnungen schwer.

»Phil Ochs hat sich erhängt. Breece Pancake hat sich erschossen. Wir anderen halten durch, wenn wir das Glück haben, nicht in der Lage zu sein, uns so einen extremen Akt des

Widerstands vorzustellen«, schrieb McPherson gegen Ende seines Vorworts zu Breece Pancakes Erzählungen. Diese ungemein mitfühlende Haltung bleibt im Gedächtnis; was für ein Kontrast zu Manns kaltherzigem Urteil. Ich habe McPherson nie gefragt, ob er jemals an Selbstmord gedacht hat. Ich habe ihn nicht gefragt, wie er es geschafft hat, durchzuhalten. Aber es ist nicht wichtig: Ich muss in meiner eigenen Geschichte leben. Manche Menschen streben in dieser Geschichte nach einem Sieg, andere nach Frieden, wieder andere nach einer Möglichkeit zu flüchten. Ich weiß noch nicht, was ich von meiner Geschichte erwarte, aber ich hoffe, dass es unterdessen besser ist, das Nicht-Wissen zu akzeptieren als das Nichts.

Zwei Leben

Bis ich bei einem Interview gefragt wurde, ob es ein Buch gebe, das ich in zu jungen Jahren gelesen hatte und das mich anschließend heimsuchte, war mir nicht klar gewesen, dass ich das englische Wort für heimsuchen, *haunt*, nie benutzt habe, da ich es als klaustrophobisch und unaufrichtig empfinde. Ebenso wenig wusste ich, dass es mit dem Wort für Zuhause, *home*, in Zusammenhang steht. Etymologisch stammt es vom Mittelenglischen *hauten* (»wohnen, bewohnen, nutzen, verwenden«), vom Altfranzösischen *hanter* (»bewohnen, besuchen, zurückgreifen«), vom Altnordischen *heimta*, (»nach Hause bringen, holen«) ab. Wenn wir uns heimgesucht fühlen, ist es der Sog unseres alten Zuhauses, den wir spüren, doch eine noch beunruhigendere Möglichkeit ist: Die Vergangenheit ist obdachlos geworden, und wir bieten ihr in der Gegenwart einen Platz zum Verbleiben an.

Ich sagte dem Journalisten, dass ich ein Buch zu jung gelesen hatte, mich jedoch nicht erinnerte, dass es mich auf irgendeine Weise heimgesucht hätte.

Ein Buch, das ich zu früh gelesen habe: Um die Frage zu beantworten, muss man in Erinnerungen kramen – wie bei einem Traum voller Ungenauigkeiten. Als ich mit der Mittelschule anfing, begann mein Vater, frühmorgens zu joggen. Er verließ das Haus, kurz bevor ich zur Bushaltestelle ging, er war nur ein paar Schritte vor mir. Ich hatte dreißig Jahre lang nicht mehr daran gedacht, doch dann begriff ich, dass das, was ich für eine sportliche Gewohnheit gehalten hatte, das

Feingefühl eines Vaters war. Um halb sieben war die Strecke zwischen unserer Wohnung und der Bushaltestelle nicht der sicherste Ort für ein Kind. Er blieb nie stehen, aber an Tagen, an denen der Bus zu früh kam, war er vor mir an der Haltestelle und hielt die Tür auf, damit der Bus nicht ohne mich weiterfuhr.

Nach zwanzig Minuten Fahrt musste ich an einer anderen Haltestelle den Bus wechseln. Dort warteten mehrere Schulfreundinnen – es folgte eine längere Fahrt, die uns an den Stadtrand brachte, wo unsere Schule auf dem Gelände des Alten Sommerpalastes errichtet worden war, damals Ruinen und Wildnis. Während der ersten Woche der Mittelschule kamen ein Mädchen und sein Vater angelaufen, um den Bus zu erwischen, der gerade vorfuhr. Wir sahen alle zu, wie der Vater die Tür aufhielt und das Mädchen zur Eile antrieb. Warum seid ihr nicht eingestiegen?, fragte er uns anschließend – keine von uns hatte sich gerührt. Wir blickten einander an, und schließlich sagte jemand widerwillig, dass es der falsche Bus gewesen sei. Obwohl er dieselbe Nummer hatte, war es der Regionalbus, der nicht zu unserer Schule fuhr.

Wie die Erinnerung an das Joggen meines Vaters fiel mir dieser Vorfall auch erst wieder ein, als ich versuchte, die Frage des Journalisten zu beantworten. Ich kann im Nachhinein die Sorgen und Schuldgefühle des Vaters, seine Bestürzung angesichts unserer Tatenlosigkeit rekonstruieren; ich kann unser Schweigen hinterfragen, das nicht aus Bosheit oder Gleichgültigkeit erfolgte, sondern weil wir keine unnötige Aufmerksamkeit auf uns ziehen wollten. Wir ließen damals gerade unsere Kindheit hinter uns. Die Welt – und die Welt gehört überwiegend den Erwachsenen – war kein vertrauenswürdiger Ort. Bei einer Unsicherheit ertappt zu werden ist schlimmer, wenn andere es bemerken. Aber es kommt unvermeidlich der Augenblick, wenn man sich von anderen unterscheiden muss.

Für mich kam er, als ich einen Monat nach Beginn des Schuljahrs zur Assistentin der Bibliothekarin ernannt wurde. Zweimal in der Woche mussten eine andere Schülerin und ich bis halb sechs in der Schule bleiben und Bücher durch ein Fenster in die vielen Hände legen, die Zettel mit Katalognummern hereinreichten (jede Schülerin durfte fünf Bücher anfordern und eins davon ausleihen). Nach Ende der Öffnungszeit sortierten wir die zurückgegebenen Bücher ein, hoben die Zettel vom Boden auf und kamen in den Genuss eines Privilegs: Wir durften zwei Bücher ausleihen.

Bis dahin war ich nie in der Bibliothek gewesen. Meine literarische Bildung hatte aus alten chinesischen Gedichten aus dem Bücherregal meines Großvaters bestanden, die ich zwanghaft auswendig lernte, und chinesischen und übersetzten Romanen, die in Fortsetzungen in Zeitungen erschienen. Sie waren nur unregelmäßig verfügbar, da mir die Zeitungen nicht immer zugänglich waren. (Mir entging die Hälfte von *Auferstehung,* weil der zweite Teil nicht gedruckt wurde, ein Verlust, der mir in der dritten Klasse schwer zu schaffen machte. Ich verpasste auch einen längeren Teil von *David Copperfield,* was ich jedoch nachholte, indem ich bei Nachbarn die britische Miniserie sah, die neu im chinesischen Fernsehen lief – wir selbst besaßen keinen Fernseher.)

Innerhalb weniger Monate hatte ich alle Bücher in der Literaturabteilung gelesen (die 800-Nummern, wie ich sie nannte). Sie waren von ungleicher Qualität, geeignet nur für einen ausgehungerten Geist. Die meisten habe ich vergessen, ja, ich erinnere mich nur noch an zwei Bücher.

Das erste ist ein Roman in Versform aus dem 18. Jahrhundert, *Die Geschichte der erneuerten Verbindungen* (die Übersetzung des Titels stammt von mir und erfasst den Inhalt nicht ganz, aber ich ziehe ihn dem Titel der auf dem Roman basierenden Fernsehserie, *Ewiges Glück*, vor). Die Autorin, Chen Duangshen, stammt aus einer wohlhabenden Familie mit einer literarischen Vergangenheit. Sie begann das Buch mit siebzehn oder achtzehn zu verfassen, vor allem, um sich selbst, ihre Mutter und ihre Schwester zu unterhalten, und innerhalb von zwei Jahren hatte sie sechzehn Bände geschrieben. Nach dem Tod ihrer Mutter schrieb sie zehn Jahre lang nichts mehr, und erst als ihr Mann aus politischen Gründen verbannt wurde, verfasste sie Band siebzehn. Der Roman blieb unvollendet, und sie starb in den Vierzigern. Zwei andere Autoren – weniger talentiert, wie ich sofort urteilte – schrieben die letzten drei Bände. Abgesehen von der ersten Lektüre hörte ich immer nach Band siebzehn auf. Man sollte literarischen Freunden gegenüber loyal sein.

Das Buch kann auf vielfältige Weise interpretiert werden – progressiv, visionär, revolutionär –, doch damals interessierte mich das nicht. Was mich fesselte, war das nie endende Drama. Eine Tochter aus einer reichen Familie verkleidet sich als Mann, um ungehindert reisen zu können und sich fortzubilden; sie freundet sich mit zwei jungen Männern an, der eine der zukünftige Kaiser von China, der andere ihr späterer Verlobter, doch das weiß sie nicht. Mit dem Dreieck verwoben sind die unruhigen Zeiten. Der Vater der Protagonistin wird von politischen Feinden verfolgt; um ihn zu retten, macht sie die Aufnahmeprüfung in den Staatsdienst. Selbstverständlich schneidet sie dabei als Beste ab mit der überraschenden Konsequenz, dass sie ein kaiserlicher Schwiegersohn werden soll. Dank einer Wendung des Plots, die der Phantasie der Autorin alle Ehre macht, erweist sich ihre Braut als die lange verlorene Freundin der Heldin, die versucht hatte, sich aufgrund eines gebrochenen Herzens umzubringen. Sie war gerettet und vom Onkel des Kaisers adoptiert und zu einer Prinzessin ernannt worden.

Ich war zwölf und entwickelte einen melodramatischen Zug trotz meines Rufes, unnahbar und ein Bücherwurm zu sein. Ich schrieb ganze Passagen aus dem Buch ab, lernte sie auswendig und sagte sie in allen möglichen Stimmungslagen vor mich hin. Ich empfand es als akuten Verlust, dass ich keine Zeitgenossin der Autorin war, als hätte es das Leben des Buchs verändert oder womöglich sogar das Leben der Dichterin. Heute ist mir klar, dass Unsichtbarkeit, eine Voraussetzung für meine unermüdlichen Gespräche mit toten Autoren, das Gegenteil von dem ist, was ich als junges Mädchen anstrebte. Der Wunsch, einen Platz im Leben einer Schriftstellerin zu haben und das Schicksal eines Buchs zu beeinflussen: Diese Grenzüberschreitung musste Mut und Naivität erfordern.

Vielleicht muss sich jeder junge Mensch einmal in ein Buch verlieben, um das Lesen zu lernen. Meine Verliebtheit wurde glücklicherweise von einem anderen Buch beendet, das der Verfasser im Gegensatz zu Chen Duangshen gegen Ende seines Lebens geschrieben hat. Ich frage mich, wer für die Bibliothek das dünne Bändchen mit der Übersetzung der *Gedichte in Prosa* von Iwan Turgenjew gekauft hatte. Es gab kein anderes Buch, das an seine Qualität heranreichte, und es wurde so selten ausgeliehen, dass ich es gegen die Vorschriften Woche für Woche verlängerte. Ich wusste nichts über Turgenjew, außer dass er Russe war. Da waren nur seine Worte über sich unterhaltende Totenschädel, nachdenkliche Berge, Freunde, die sich Messer in den Rücken stießen, eine Frau, die vor ihrer Hinrichtung selbstsicher dastand, über den Autor, der über seinen eigenen Tod nachdachte und kurze flüchtige Augenblicke der Jugend und des Glücks. Ich wusste nicht, dass er das Buch gegen Ende seines Lebens geschrieben hatte, dass ihm zu allen Zeiten vorgeworfen worden war, sein Land zu verraten, dem Fortschritt und der Revolution gegenüber gleichgültig zu sein und darauf zu bestehen, ein unpolitischer Schriftsteller zu sein.

Mein Geist war damals durchlässig, und deshalb fand die Begegnung mit Turgenjew vielleicht wirklich zu früh statt. Oder sie fand genau zur rechten Zeit statt und brachte ein Schleusentor in Stellung, das wahllos Hoffnungen und Wünsche ausschloss.

Eine Freundin, die mich jeden Tag angerufen hatte, als ich im Krankenhaus war, rief mich auch danach täglich an. Manchmal konnte ich nichts sagen, nur weinen. Du musst schreiben, sagte sie immer wieder. Ich kann nicht, erwiderte ich. Deine Figuren verdienen es zu leben, sagte sie. Sie sind mir gleichgültig, sagte ich. Aber mir sind sie es nicht, sagte sie. Dieses Gespräch wiederholte sich, und dann schlug sie vor, dass wir gemeinsam *Sinn und Sinnlichkeit* lesen sollten. Ein paar Tage später schrieb sie mir eine Nachricht und zitierte Elinors Bitte an Marianne, die sich in ihrem Schmerz nicht trösten lassen wollte: *Streng dich an.*

Wo findet man das Selbst, das sich anstrengt? Nur indem ich es ausschloss, wurde mir die Bedeutung von Anstrengung klar. Mein Leben bestand abgesehen von der Versorgung meiner Familie nahezu ausschließlich aus Lesen. Ich las alles wieder, was von Turgenjew in meinem Bücherregal stand: seine Romane und Erzählungen, die Gedichte in Prosa, die Aufsätze und Briefe und zwei Biografien, darunter die von V. S. Pritchett. (Ich war schon immer eingenommen für Schriftsteller, die Biografien schreiben – Pritchett, Stefan Zweig, Romain

Rolland.) Die Zeit des konzentrierten Lesens von Turgenjew verursachte eine kleine geistige Veränderung. Woraus diese Veränderung besteht und ob sie real ist, muss die Zeit erweisen, aber ich habe das Gefühl, dass ich in meiner langen Bekanntschaft – oder Freundschaft, wenn ich eingebildet sein will – mit Turgenjew endlich an einem Ort angekommen bin, von dem aus ich ihn als jemanden in der fernen Vergangenheit sehen kann, in der Vergangenheit, in die er gehört und in der ich ihn gelesen habe – als Mittelschülerin in Peking und als frische Immigrantin in Amerika.

Als ich die gesammelten Briefe wieder las, fand ich auf einer Seite einen Weinfleck. Ich hatte allein in einem leeren Hotelrestaurant in Vancouver gegessen. Nach dem Essen probte ich mit einer Jazzband in einem dunklen Theater. Während ich las, konnte ich meine Stimme nicht hören. Als ich geendet hatte, spielte ein Bandmitglied auf einer Bambusflöte eine getragene Melodie: *If you miss the train I'm on, you will know that I am gone; you can hear the whistle blow a hundred miles.*

»Five Hundred Miles« – das ich zum ersten Mal als Teenager in Peking gehört hatte, als es auf einem Marsch durch Zentralchina eine Kameradin in der Armee auf einer billigen Holzflöte gespielt hatte, das ich wieder hörte, nachdem ich aus dem Krankenhaus entlassen worden war – der Song gehört jetzt ebenso wie diese Erinnerungen, wie Turgenjews Bücher der fernen Vergangenheit an.

»Oh, mein lieber Tolstoi, wenn Du wüsstest, wie schwer mir die Dinge fallen und wie traurig ich bin! … Möge Gott Dir das Gefühl ersparen, dass das Leben vorbei ist und gleichzeitig noch nicht einmal begonnen hat«, schrieb Turgenjew in einem Brief. Er war vierzig. Die meisten seiner großen Werke sollte er erst noch schreiben. Sein jahrzehntelanger Streit mit Tolstoi war noch nicht ausgebrochen (im nächsten Jahr schrieb er an einen Freund: »Ich habe mit Tolstoi abgeschlossen; als Person existiert er für mich nicht mehr.«) Es sollte noch fünf Jahre dauern, bis er Flaubert kennenlernte – ihre Freundschaft, eigentlich eine Seelenverwandtschaft, dauerte siebzehn Jahre bis zu Flauberts Tod.

Es muss entweder Arroganz oder Feigheit gewesen sein, die einen intellektuell aktiven und körperlich fitten Mann behaupten ließ, sein Leben sei vorbei. In *Krieg und Frieden* dachte Fürst Andrej, nachdem er seine erste Frau bei der Geburt ihres Kindes verloren hat, »über sein ganzes Leben nach und kam zu demselben alten, tröstlichen und hoffnungslosen Schluss, dass er nichts beginnen musste, dass er sein Leben gelebt hatte, ohne Böses zu tun, ohne Angst zu haben und ohne sich etwas zu wünschen.« Er war einunddreißig und kannte Natascha, die große Liebe seines Lebens, noch nicht.

Es ist eine altbekannte Geschichte. Was Turgenjew in seiner Jugend und in den mittleren Jahren beklagte – dass das Leben vorbei war, ohne begonnen zu haben –, war genau das, was ich brauchte, als ich in der Bibliothek der Mittelschule auf ihn stieß. Alle Kinder brauchen ein System, um aufzuhören, Kinder zu sein. Nicht hinterfragter Fatalismus wurde mein System. Da war der Trost, mich in die Zeit von Chen Duangshen oder Turgenjew oder all derer zu versetzen, die vor mir gelebt hatten. Es tat mir wohl zu glauben, dass ich bereits alt war, weil es mich davon befreite, jung sein zu müssen. Da war die Möglichkeit des Todes, die es mir gestattete, Streifzüge in ein Leben, das in allen Einzelheiten gelebt werden musste, zu vermeiden. Pritchett nannte Turgenjews Pessimismus absolut. Absolutheit – ob im Pessimismus, Optimismus, Fatalismus – ist die wirkungsvollste Verteidigung gegen jede Art von Heimsuchung.

Zum Wortursprung passend, ist das, was einen heimsucht, das Zuhause. Varvara Petrowna Turgenjew herrschte mit Stolz und Jähzorn über den Haushalt. Sein Vater heiratete wie der Vater in *Erste Liebe* aus finanziellen Gründen, war untreu und starb früh. Iwan war der jüngere von zwei Söhnen. Seine Mutter liebte Iwans Bruder Nikolai nicht. Als Nikolai gegen ihren Willen heiratete, verstieß sie ihn und ließ ihn mit dem Lohn eines Buchhalters darum kämpfen, seine Frau und drei Kinder durchzubringen. Nach jahrelangen Anstrengungen Iwans, seinen Bruder und seine Mutter zu versöhnen, ließ sie ihre Enkelkinder in eine Straße von St. Petersburg kommen, schaute sie an und ging wieder. Als die drei Kinder im selben Jahr starben, blieb sie Nikolais Verlust gegenüber gleichgültig.

Schlimmer, als einen tyrannischen Elternteil zu ertragen, ist es, das bevorzugte Kind zu sein. Ich frage mich, ob es auch für die unbarmherzigsten Eltern ein Kind geben muss, dessen Rolle die des Auserwählten ist und das geschlagen wird, wenn es die Liebe nicht auf demselben Niveau erwidern kann. Varvara Petrowna liebte Iwan mit einer rachsüchtigen und grausamen Leidenschaft. »Ich allein habe Dich gezeugt«, schrieb sie ihm, als er im Ausland war. »Du bist der egoistischste aller Egoisten. Ich kenne Deinen Charakter besser als Du selbst … Ich prophezeie Dir, dass Deine Frau Dich nicht lieben wird.«

Turgenjew verbrachte als Erwachsener die meiste Zeit im Ausland, in den Augen seiner Mutter und vieler seiner Landsleute jemand, der sie verlassen hatte. Aber wie sonst kann man mit Heimsuchungen leben? »Ich muss dich nicht einmal ansehen, um alles über dich zu wissen, weil du aus meinem Körper gekommen bist«, sagte meine Mutter oft, als ich heranwuchs.

Ich schaudere, wenn ich von einer Mutter voll ingrimmiger und besitzergreifender Liebe lese, auch wenn nicht alle Mütter so sind – dieser Gedanke wird immer mehr zu einem Trost für mich. Da war Chen Duangshens Mutter, die ihre beiden Töchter zu Dichterinnen erzog in einer Zeit, als Bildung als schädlich für die weibliche Tugend galt. Es war beruhigend, dass John McGahern neben seiner Mutter beerdigt war. Als ich die Eltern einer Freundin kennenlernte, empfand ich es als außergewöhnlich, mit was für einer liebevollen Natürlichkeit sie miteinander umgingen. Dass ich es als außergewöhnlich empfunden hatte, brachte mich später zum Weinen.

Man kann keine andere Biografie haben. Man kann sich nicht mit einer Überarbeitung trösten. Man kann nicht noch einmal zwölf sein, um Turgenjew nicht zu lesen. Am Telefon schlug mein Vater mit der mystischen Unlogik des Quantenphysikers und der reinen Logik des Fatalisten vor, dass wir unsere Schwierigkeiten in einem neuen Licht sehen sollten. »Wer weiß, was wir in unseren früheren Leben anderen angetan haben », sagte er. »Was wir haben ist, was wir verdienen.«

Wie können wir mit dem leben, was wir haben, ohne heimgesucht zu werden? Während der Aufstände der Pariser Kommune schrieb Turgenjew an Flaubert: »Oh, wir müssen harte Zeiten durchleben, diejenigen von uns, die als *Zuschauer geboren* sind.« Aber die Menschen werden nicht als Zuschauer geboren – sie entscheiden sich dafür. Und diese Entscheidung wird immer um des Lebens willen getroffen.

Turgenjew heiratete nie. Lange Zeit seines Lebens war er in Pauline Viardot verliebt, einer führenden Opernsängerin (»diese hässliche Zigeunerin«, klagte seine Mutter), und teilte sich seine Zeit so ein – von Paris nach Baden Baden nach London und zurück nach Paris –, dass er ihr nahe sein konnte.

Er freundete sich mit ihrem Mann an und arbeitete mit ihm bei Übersetzungsprojekten zusammen. Er bat das Paar, seine uneheliche Tochter zu adoptieren, und benannte sie nach Pauline in Paulinette um. Als Paulines Bühnenkarriere zu Ende war und sie dazu überging, Operetten zu komponieren, schrieb Turgenjew die Libretti.

Turgenjews Talent bestand darin, Zeuge zu sein. In seinen Briefen an Pauline und Flaubert finden sich die besten Beobachtungen historischer und alltäglicher Ereignisse. Ein Brief aus Paris über die Revolution von 1848 endet mit dieser Schilderung: »Ich staunte auch darüber, wie die Verkäufer von heißer Schokolade und Zigarren sich durch die Menge bewegten. Gierig, erfreut und unbekümmert sahen sie aus wie Fischer, die ein schweres volles Netz an Land ziehen.« Am 7. Juli 1865, einem sengend heißen Tag in Washington, D.C., lockte die Exekution durch Hängen von Mary Surratt, Lewis Powell, David Harold und George Atzerodt – Verschwörer bei der Ermordung Abraham Lincolns – große Menschenmassen an, und ein Reporter notierte, dass »außerhalb des Gefängnisses eine andere Atmosphäre herrschte. Kuchen- und Limonadenverkäufer verkauften fröhlich ihre Waren.« Aus sicherem Abstand kann man das Leben mit Neugier betrachten – das ist der Trost der Zuschauer.

Eine ziemlich lange Weile trug ich *Two Lives* von William Trevor mit mir herum, ein Buch mit zwei Novellen, »Turgenjews Schatten« und »Mein Haus in Umbrien«, erstere mein Lieblingswerk von Trevor. In ihrer fiktionalen Realität haben die beiden Protagonistinnen wenig gemein: eine protestantische Irin aus einer Kleinstadt, die sich dazu entschlossen hat, über dreißig Jahre in einem Irrenhaus zu verbringen, und eine Engländerin mit einem schönen Haus in Umbrien, einer dubiosen Vergangenheit und einer geheimnisvollen Gegenwart. Ein Treffen der beiden wäre unwahrscheinlich.

Dass eine Irin in einem Irrenhaus Turgenjew liest und auswendig lernt, ist nicht allzu weit entfernt davon, dass eine Mittelschülerin in Peking ihn sich aus der Bibliothek ausleiht. Man könnte dem glücklichen Zufall, ihn in Trevors Werk wiederzufinden, leicht eine Bedeutung zuschreiben, aber das wäre töricht. Verbindungen, artifizielle Systeme aus Symbolen und Mustern können immer hergestellt werden. Doch das Leben entzieht sich dem Klischee, wenn es sich der Interpretation verweigert.

Nach den Krankenhausaufenthalten hörte ich auf, *Two Lives* mit mir herumzutragen. Ich kann nicht erklären, warum. Ich las nur tote Autoren. Vielleicht wollte ich den Rat der Ärzte in den Wind schlagen und mich weiter isolieren. Damals misstraute ich allen soliden Dingen in meinem Leben. Eines Nachmittags saß ich mit meinem jüngeren Sohn auf einer Bank und wartete darauf, dass mein älterer Sohn aus der Schule kam. Wir schwiegen, was wir oft tun, aber ich war mir seines Gefühls der Geborgenheit bewusst, als er seine Hand in meine legte und sie dort ließ, als wäre es die natürlichste Sache der Welt. Das muss es wohl sein, aber mir ging durch den Sinn, dass ich die Geste nicht verstand. Ich könnte mich einem Verständnis annähern, aber es wäre lediglich das Verständnis einer Anthropologin.

Zwei Autoren miteinander in Verbindung zu bringen aufgrund ähnlicher Details in ihren Biografien, offenbart die eigenen Motivationen und Beschränkungen.

Marianne Moore erwähnt Turgenjew nur ein einziges Mal in ihren Briefen – als sie achtzehn war, fiel ihr bei einem Besuch in New York City (eine Reise, die sie später ihren »Aufenthalt im Wal« nannte, es war ihr erster Kontakt mit Künstlern und Dichtern draußen in der Welt) sein Werk neben dem Molières im Bücherregal eines Künstlers auf. Es gibt keinen Grund zur Annahme, dass Turgenjews Werk Moore etwas bedeutete. Man kann sich ihre Missbilligung seiner indiskreten Besessenheit von einer verheirateten Frau vorstellen. Man kann sich auch vorstellen, dass er von einer so unbeirrbar aufrechten Frau frustriert gewesen wäre. Er hätte nicht so gut mit ihr streiten können wie mit Tolstoi und Dostojewski.

Ich begann, Moores Briefe zu lesen, nachdem ich zufällig zwei häufig zitierte Zeilen aus ihrem Gedicht »Silence« gesehen hatte: »Das tiefste Gefühl zeigt sich immer im Schweigen;/nicht im Schweigen, sondern in Zurückhaltung.« In einem anderen Leben muss ich etwas Ähnliches auf Chinesisch geschrieben haben; ja, ich wusste, dass ich es getan und in diesem Glauben gelebt hatte. Man macht sich gleichzeitig zu einem Rebellen und einem Ausgestoßenen, wenn man einen Glauben aufgibt.

Ich las Briefe und Tagebücher von mehreren Schriftstellern, und es schadete nichts, noch eine tote Person hinzuzunehmen. Die Banalitäten darin beruhigten mich mehr als die brillanten Gedanken und Formulierungen. Noch der belangloseste Eintrag oder die langweiligste Korrespondenz ließen einen Zweck erkennen. Ich habe viele Romane aus der Hand gelegt, die mich langweilten, aber ich habe nie die Reise durch die Briefe oder Tagebücher eines Schriftstellers auf halbem Weg abgebrochen.

Doch ich fand keinen Trost in meinen Banalitäten. Ich maß die Tage, die langsam vergingen, weil ich nicht schrieb, in Minuten, notiert in einem Tagebuch, weil ich verstehen wollte, wie man sich anstrengt: Eine Stunde Weinen konnte auf eine halbe Stunde, fünfzehn Minuten verkürzt werden; zehn Minuten konzentriertes Lesen konnte verdoppelt oder verdreifacht werden. Beim Schreiben von Belletristik geht es darum zu verstehen, wie die Zeit vergeht, hatte ich Jahre zuvor zu einem Freund gesagt. Mir war nicht klar gewesen, dass auch die Zeit zum Stillstand kommen kann. Für Maupassants Protagonistin vergehen zehn Jahre in ein paar Sätzen. Um jeglichen destruktiven Impuls im Zaum zu halten, ließ ich einen konfusen Stift sich im Tagebuch bewegen und stellte oft zwanzig Seiten später fest, dass auf der Uhr kaum fünf Minuten vergangen waren.

In einem Brief an eine verzagte Freundin schrieb Marianne Moore:

> Was immer das Problem ist, wir müssen uns dem Gefühl entziehen, in der Falle zu sitzen – auch wenn wir uns nur »wenn nicht jetzt, dann später« sagen können. … Wenn uns nichts verzaubert oder aufrechterhält (und wir Essen und frische Luft bekommen), müssen wir uns sagen, »wenn nicht jetzt, dann später« und dürfen den Kopf nicht hängen lassen. Mir gelingt es nie wirklich, und langsam denke ich, dass es mir auch nie gelingen wird; dennoch, das automatische Gefühl der Teilhabe bringt uns weiter.

Die automatische Teilhabe am Leben: Ich klammerte mich an diese Idee wie an einen gefälschten Talisman. Ich glaubte nicht, dass *später* besser wäre als *jetzt*, aber mir gefiel der Klang des Satzes.

Wie Turgenjew heiratete Moore nie. Er betrachtete die Ehe als eine Katastrophe für die Kunst. Ihr Gedicht »Ehe« beginnt damit, dass sie die Ehe »eine Institution« und »ein Unternehmen« nennt, doch schon früher, mit vierundzwanzig, hatte sie in einem Brief an H.D. geschrieben: »(So etwas wie eine vernünftige Ehe gibt es nicht;) die Ehe ist ein Kreuzzug; es geht nicht ohne Tragödien.«

Die Parallele zwischen den Biografien von Moore und Turgenjew springt sofort ins Auge. Mary Warner, Moores Mutter, trennte sich kurz nach Moores Geburt von ihrem Mann, der den Rest seines Lebens wegen wahnhafter Monomanie überwiegend in einem Sanatorium verbrachte. Mary zog Moore und ihren älteren Bruder Warner allein auf. Wie Turgenjews Bruder heiratete Warner gegen den Wunsch seiner Mutter. Im Gegensatz zu Varvara Petrowna reagierte Mary nicht mit teuflischer Wut, sondern großmütig, auch wenn sie ihre Schwiegertochter kaum ertrug. »Obwohl ich sofort für Dich sterben würde, besteht mein Verbrechen darin, dass ich mich geweigert habe, für Dich zu leben«, schrieb Warner kurz nach der Eheschließung an seine Mutter. Diese Fortissimo-Zeile geht mir oft durch den Kopf. Nicht jeder, der eine tyrannische Mutter hat, verfügt über die geistige Klarheit und Stärke, seine Entscheidung zu artikulieren.

Ich dachte oft tagelang über Moores Worte nach, ohne ihre Bedeutung oder den Grund für ihre Wichtigkeit ganz zu verstehen: »Eigensinn als solcher ist eine attraktive Eigenschaft, aber er berücksichtigt die Frage der Abnutzung nicht, und Abnutzung ist unvermeidlich«, schrieb sie in einem Brief, den ich einer Freundin schickte. Was soll das heißen?, fragte ich.

Warum liest du sie überhaupt?, fragte die Freundin.

Man liest und liest wiederholt Autoren, mit denen man sich verwandt fühlt – Turgenjew zum Beispiel – oder die zu einem besonderen Zeitpunkt in ein Leben getreten und Teil der persönlichen Geschichte geworden sind – wie D.H. Lawrence, Stefan Zweig, Romain Rolland. Moore zu lesen erforderte jedoch einen Eigensinn, der ihrem gleichkam. Da ich sie nicht verstand, konnte ich mich nur rächen, indem ich weiterlas – eine Rebellion.

Als ich zehn war, setzte ich mir in den Kopf, die großen Dichter mit dem Nachnamen Li auswendig zu lernen. Da war der romantische Wahn von Li Po; die leise Melancholie von Li Yu, ein Kaiser, der zu einem lebenslangen Gefangenen geworden war; Li Qingzhao, eine der wenigen Dichterinnen in der chinesischen Geschichte, die keine Kurtisane war; Li Ye, eine taoistische Nonne, bekannt für ihre amourösen Verbindungen zu mehreren Dichtern. Und dann gab es noch zwei Dichter aus der Tang-Dynastie, die ich überhaupt nicht verstand: Li Shangyin und Li He, beide berühmt für ihre Anspielungen. Heute vermute ich, dass mich die Unlesbarkeit ihres Werks faszinierte. Li Shangyin war akribisch, was die Form anbelangte, sein Versmaß und seine Reime waren makellos, er arrangierte seine Worte mit ungeheurer Sorgfalt, fand großartige Bilder und dichte Metaphern, aneinandergereiht wie nicht zu entziffernde Edelsteine; Li He war weniger besessen von Form, aber seine Gedichte waren ebenso obskur. Es war die fröhliche Rache eines Kindes, zwei Dichter – oft nur für mich selbst – zitieren zu können, die nicht einmal die meisten Erwachsenen verstanden.

Als erfahrenere und weniger mutige Leserin fragte ich mich während der Lektüre von Moore, ob man das Recht hat, eine Verbindung zu behaupten, wenn man nicht versteht. Moores Briefe sind so verwirrend wie ihre Gedichte. Sie zu lesen ist, als würde man nachts über ein gefrorenes Schneefeld stapfen. Obwohl die Worte aus dem Wunsch zu kommunizieren geschrieben scheinen, nehmen sie in ihrer Gesamtheit eine frustrierende Undurchschaubarkeit an. Wie kann sich eine Person, die in dem ehrlichen Versuch schreibt, etwas Wichtiges mitzuteilen, so unverständlich ausdrücken? Die Biografin von Moore – ich las die Biografie erst, nachdem ich die Briefe gelesen hatte – erwähnt eine ähnliche Frustration.

Briefe eines Schriftstellers sind oft klar, an ihre Natürlichkeit kann oft kein autobiografisches Werk heranreichen. In einem Brief an Flaubert, der nur selten sein Haus verließ, schrieb Turgenjew:

> Das Alter, mein lieber Freund, ist eine große dunkle Wolke, die die Zukunft, die Gegenwart und sogar die Vergangenheit vernebelt, und das macht es melancholischer und überzieht unsere Erinnerungen mit feinen Rissen wie altes Porzellan. (Ich fürchte, ich drücke mich schlecht aus, aber dennoch.) Wir müssen uns gegen diese Wolke wehren! Ich glaube, Du tust es nicht genug. Ja, ich glaube, eine Reise nach Russland, wir beide gemeinsam, würde Dir guttun.

Anschließend schreibt Turgenjew über eine viertägige Reise in Russland, die er kürzlich unternommen hatte. Die Landschaft, die er in diesem Brief schildert, ist nicht viel anders als die in *Rundin* oder *Väter und Söhne*, die Empfindungen des Beobachters sind die gleichen wie die der fiktiven Figuren. (»Man kommt heraus, als hätte man ein erholsames Bad genommen. Und dann lebt man das alltägliche Leben weiter.«) Doch sie mit Turgenjews Augen statt denen seiner Figuren zu sehen, zu lesen wie er die Szenerie für Flaubert rekonstruiert – ich muss eine merkwürdige Befriedigung konstatieren, die nicht nur vom Lauschen an der Tür rührt. Es ist eine weitere Sichtweise; und es gibt die Diskrepanz zwischen den Worten, die für eine anonyme Leserschaft geschrieben sind, und den Worten, die einer persönlichen Freundschaft gelten.

In seinen Briefen neigte Turgenjew zu Übertreibung und

Dramatik und nicht zu dem distanzierten Blick, den er auf seine fiktiven Charaktere hat. Katherine Mansfields kühle, manchmal grausame Beherrschung in ihren Erzählungen steht in scharfem Gegensatz zu der unkontrollierten Wildheit in ihren Briefen. Hemingway, der in seinen Werken jedes Wort genau abwog, konnte in seiner Korrespondenz geschwätzig sein. (Als ich mich einmal über seine Weitschweifigkeit in einer belanglosen Geldangelegenheit amüsierte und ärgerte, schrieb ich an den Rand: *Sei Hemingway!*) Der Kontrast zwischen dem veröffentlichten Werk und privaten Texten lässt einen Anteil nehmen, doch Moores Gedichte und Briefe bereiten aller Neugier ein Ende. Vielleicht ist meine Beschäftigung mit ihr bei weitem keine Rebellion. Wenn man auf einer Niederlage besteht, bringt einem niemand eine bessere Niederlage bei als Marianne Moore.

In einem Brief an ihren Freund William Carlos William, den ich oft lese, schreibt sie:

> Tatsache ist, das muss ich zugeben, dass wir für gewöhnlich – bis zu einem gewissen Grad – ein Beispiel für die Fehler sind, gegen die wir wettern. Ich neige zu Exzessen, in der Kunst wie im Leben, und leiste deswegen gegen alles Widerstand, das impliziert, dass der Weg des geringsten Widerstands der normale ist …
> Berücksichtige das, William, und lass Barmherzigkeit walten. Aber Barmherzigkeit ist unnötig, wenn es um Freundschaft geht, denn Freundschaft ist meine Phobie. Ist es schließlich nicht Loyalität, die einen Widerstand leisten lässt?

Der Brief drückt genau das aus, was ich nicht in Worte fassen kann. Moores Neigung zum Exzess ist Turgenjews Klage, vor der Zeit ein alter Mann zu sein, nicht unähnlich. Diese Absolutheit könnte man mit Affektiertheit verwechseln, aber es gibt Menschen, die nur überleben können, wenn sie ins Extreme gehen.

Ein Schriftsteller muss nicht autobiografisch schreiben. Was preisgegeben und was verborgen wird, ist gleichermaßen eine Offenbarung. In diesem Sinn ist Moore, eine Meisterin der Zurückhaltung, eine überaus autobiografische Dichterin. Ich frage mich, wie sie auf dieses Urteil reagieren würde. Würde man es über mich fällen, würde ich zurückschrecken; ich würde jedes Wort, das ich geschrieben habe, überprüfen, um zu beweisen, dass ich nichts aus meinem Leben durch die Spalten habe schlüpfen lassen. Einmal – ausgerechnet in Peking – fragte mich eine Frau bei einer Lesung, ob ich eine autobiografische Autorin sei. Nein, sagte ich, absolut nicht. Aber Ihr Vater war Atomphysiker, sagte sie, und in Ihren Erzählungen arbeiten mindestens zwei Väter in der Atomindustrie. Ein Zufall, versuchte ich zu erklären, bedeutet keine wirkliche Verbindung. Doch jetzt verstehe ich, dass mein Bemühen, das Schreiben vom Leben zu trennen, nichts anderes ist als Moores Exzess. Man schreibt über das, was einen heimsucht. Aus dieser Perspektive ist vielleicht niemand davon ausgenommen, autobiografisch zu sein.

»Ich wäre längst gestorben, wenn ich nicht so überragend darin wäre, meinen Pflichten nicht nachzukommen.« Welche Pflichten sagt sie nie. Selbst wenn sie über sich spricht, bleibt sie abstrakt. Wenn es keinen Beweis für die Existenz von Geheimnissen gibt, wird einem das Schicksal erspart, zwei Leben führen zu müssen:

> eines offen, vor aller Augen und gekannt von allen, die es kennen wollten, voll relativer Wahrheit und relativer Falschheit, genau wie das Leben seiner Freunde und Bekannten; und ein anderes Leben, das im Geheimen verläuft. Und durch eine merkwürdige, vielleicht zufällige Verknüpfung von Umständen war alles, was für ihn wesentlich war, von Interesse und von Wert, alles, in dem er aufrichtig war und sich nicht selbst täuschte, alles, was den Kern seines Lebens ausmachte, vor den anderen verborgen. (Tschechow)

Ich glaube, ich bin aufgebracht von Marianne Moore, weil sie mich daran erinnert, wie ich hätte werden können.

Abgesehen von der Zeit auf dem College lebte Moore immer mit ihrer Mutter zusammen bis zu deren Tod. Als sie nach New York zogen, schenkte ihnen ein Nachbar ein kleines Kätzchen, und sie nannten es Buffalo. »Buffalo entwickelt sich und wird immer süßer«, schrieb Moore, die den Kater liebte, an ihren Bruder. Am nächsten Tag, als Moore in der Bibliothek arbeitete, brachte ihre Mutter Buffalo um. »Mole [Moores Mutter] besorgte Chloroform und eine kleine Schachtel und bereitete alles vor und tat es, als ich am Montag in der Bibliothek war. … Und nichts wäre richtiger gewesen. … Doch es ist wie ein Messer in meinem Herzen, er war so rührend und behutsam, wenn er ein bisschen gekratzt hat und in seiner Aufmerksamkeit für unsere Erfordernisse an ihn.« Dennoch konnte sie nicht anders, als ihre Mutter zu verteidigen. »Es wäre grausam ihm gegenüber gewesen, ihn wachsen zu lassen und hätte … für ihn wie Mord gewirkt, wenn wir ihn behalten und Fremden gegeben hätten.«

Gemeinsam übergaben Mutter und Tochter die Leiche dem

Hudson River, und ein paar Jahre lang mieden sie den Pier. Die bedrohliche Logik, nach der Moores Mutter handelte, ist mir vertraut. Als meine Schwester nach dem College zu arbeiten begann, schenkte sie mir ein Paar Hamster. Ich schloss sie ins Herz, und bald darauf waren sie verschwunden. »Ich habe sie weggegeben«, sagte meine Mutter. »Schau nur, wie besessen du von ihnen bist. Nicht einmal deinen Eltern bringst du solche Zuneigung entgegen.«

Moore und ihr Bruder behandelten ihre Mutter wie ein Kind. Ich wusste lange, bevor ich den Gedanken in Worte fassen konnte, dass meine Mutter das einzige Kind in unserer Familie war. Mehr als ihren Zorn fürchtete ich ihre Tränen.

Meine Mutter ist ein Kind, das ich zurücklassen musste, um ein eigenes Leben zu haben. Ich bewundere Marianne Moores Bruder. Manchmal werden Taten von einer Hoffnung angetrieben, die nur ein Wunsch ist; Taten erlösen uns nicht von den Sünden, sie sind Sünden.

Ich erinnere mich, wie ich an den späten Winterabenden nach der Arbeit in der Bibliothek zur Bushaltestelle gegangen bin. Vom Schulgelände führte eine lange, breite, spärlich beleuchtete Straße zur Haltestelle. Das Schulgelände war menschenleer. Der Alte Sommerpalast war damals ein auch tagsüber verlassener Ort. Die Pappeln, die die Straße säumten, zeichneten sich schwarz vor dem dämmrigen Himmel ab, über den Wipfeln kreisten laut krächzend Krähen. Jenseits der Pappeln befanden sich zwei kleine Seen. Die Lotuspflanzen, die im Sommer rosa und weiß geblüht hatten, trieben verwelkt auf dem Wasser, und seit damals habe ich den falschen Eindruck, dass nichts toter aussehen kann als Lotusblüten im Winter.

Ich horchte auf meine Schritte und rezitierte lautlos Turgenjews Worte und war mir in diesen trostlosen Augenblicken einer Sache ganz sicher. Als ich fünf war, hatte mein Vater zu mir gesagt, dass man nur in Gefahr sei, wenn eine andere Person anwesend sei. War niemand in meiner Nähe, war ich sicher; ich konnte mir nahezu ein anderes Leben vorstellen. Zu oft schrie meine Mutter meine Schwester an; zu oft weinte meine Mutter, weil es sie kränkte, dass mein Vater meine Schwester in Schutz nahm. Dass mir die Aufgabe zufiel, sie zu beruhigen, ihren Zorn zu beschwichtigen, ihre kindliche gute Laune wiederherzustellen, damit wir alle wieder atmen konnten – so schrecklich es war, es war nicht das Schlimmste. Das Schlimmste war – ich schaudere, wenn ich lese, dass Moores Mutter nicht nur alles, was Moore schrieb, eingehend prüfte, sondern jeden Tag ihre körperlichen Veränderungen kommentierte –, dass meine Mutter mich mit einem allwissenden Argwohn zu oft fragte, ob mich im Bus ein Mann unzüchtig berührt hatte. Wie konnte sie nicht begreifen, dass ich unsichtbar geworden war, weil ich bereits alt war, zu alt für die Männer, die im Dunkeln lauerten?

***

»Wir schreiben, um zu erzählen, nicht um etwas zu beweisen«, schrieb Turgenjew in einem Brief an einen jungen Schriftsteller. Ich wünschte, ich hätte das früher gewusst, obwohl beweisen, auch wenn es misslingt, die Erleichterung von Gewissheit mit sich bringt, und was Erleichterung bringt, kann zur Gewohnheit, zur Sucht werden. Die Dinge, die ich versucht habe zu beweisen, waren ehrgeizig, sogar unmenschlich: frei zu sein von allem, was mich heimsucht, und Distanz zu halten, damit ich nie andere heimsuchen werde.

Ich frage mich, ob Moore schrieb und lebte, um etwas zu beweisen, und was sie beweisen wollte und wem und aus welchem Grund. Wenn ich ehrlich bin, muss ich sagen, dass ich oft verärgert bin, wenn ich sie lese: In ihr erkenne ich das Selbst, das ich sein wollte.

Turgenjew hatte keine Angst davor, sein melodramatisches Naturell zu zeigen (das dem seiner Mutter gleichkommen musste – diese Möglichkeit beunruhigt mich immer). Moore, deren Melodrama bis zur Auslöschung internalisiert war, ließ nur einen Zeugen an sich heran – sich selbst. Im Gegensatz zu Turgenjew, den ich jetzt wie andere Autoren in meinem Bücherregal stehen lassen kann, wird Moore mich noch lange Zeit heimsuchen – weil ich zu viel verstehe oder zu wenig?

Da sie ihr Zuhause nie verließ, fand Moore eine Abkürzung im Leiden, und sie litt auf makellose und bedeutsame Weise. »Für mich ist Schreiben eingesperrte Konversation«, schrieb sie an Ezra Pound, als er im St. Elizabeths Krankenhaus war. Ich nehme es ihr übel, dass sie alles ihrer Mutter vorlegte und sich ein nicht heimgesuchtes Leben lieh. Ich beneide sie um ihr Eingesperrtsein. Ich finde keinen Egoismus in ihr, nur egoistische Kunst: vernünftig, elegant, unbarmherzig.

Unter literarischen Gestalten

Neulich rief ich meine Mutter an, und sie erzählte, dass sie ein altes Tagebuch von mir las. *In diesem Augenblick.* Ich wechselte das Thema, nur um wieder dazu zurückgeführt zu werden. Sie wollte ein Tagebuch beginnen und war auf der Suche nach einem passenden Notizbuch gewesen, erklärte sie, und hatte ein nahezu unbenutztes Tagebuch von mir gefunden mit nur ein paar Einträgen am Anfang. Geschrieben gleich nachdem du aus der Armee entlassen wurdest, sagte sie. Nein, du musst es mir nicht vorlesen, sagte ich, als sie mir den ersten Eintrag schilderte. Die Paranoia, die ich empfand, war die gleiche, die mich immer schon verfolgt hatte: Jeder, der ein Wort von mir liest, kann mir etwas wegnehmen. Wäre ich diszliplinierter gewesen, hätte ich nichts geschrieben und nichts verloren.

Philip Larkin bat auf seinem Sterbebett darum, dass seine Tagebücher vernichtet würden, und das tat Monica Jones – seine langjährige Freundin, gelegentliche Geliebte und spätere Lebensgefährtin. Jones entschied jedoch, dass andere Papiere veröffentlicht werden sollten, das kontroverse Ergebnis eines umstrittenen Testaments. Bei unserer ersten Begegnung sprach William Trevor über falsch verstandene Wünsche und nannte Larkin als Beispiel. An diesem Tag begriff ich, dass mein Verständnis von Trevors Sorge hypothetisch war. Ich war vierunddreißig, er war neunundsiebzig; ich hatte ein Buch publiziert, er über dreißig. Dass die eigenen Worte missverstanden werden, erschien mir so unvermeidlich wie der Tod. Damals wusste ich noch nicht, dass der Fatalismus einer jungen Person nur Angeberei ist.

Als die Angeberei versagte, wurde der Fatalismus fatal. Oder um es ehrlicher auszudrücken: Wenn man die eigenen Worte nicht in ein Tagebuch einschließt, das wie Larkins rechtzeitig verbrannt wird, werden sie vorsätzlich oder zufällig immer gelesen werden. Sich hinter diesen Worten zu verstecken ist, als würde man sich in ein Haus aus Stroh stellen – man ist nicht gefeit vor Wind, Wölfen und vor allem nicht vor dem Impuls, das Haus selbst zu zerstören, bevor es jemand anders tut.

Zwischen den beiden Krankenhausaufenthalten war ich ein paar Tage allein in London. Das Hotel, ein schmales Haus in einer ruhigen Straße, verfügte über einen von hohen Mauern geschützten Garten, in dem ich viel Zeit verbrachte und die Tagebücher von Katherine Mansfield las. Wenn es regnete, setzte ich mich in den Salon, der vor dem Hoteleingang abgeschirmt war. Andere Gäste kamen, aber sie hatten entweder zu wenig oder zu viel Zeit und konnten nicht lange stillsitzen. Es waren Orte zu besichtigen oder Geschäfte zu erledigen. Und Zeit totzuschlagen. Eine Frau nahm eine Zeitschrift in die Hand und legte sie wieder weg, ohne sie aufzuschlagen; ein Sohn in den Dreißigern ging mehrmals in den Garten und überbrachte seiner Mutter immer wieder die gleiche Auskunft, nämlich dass es regnete; ein Mann betrachtete den Kamin aus Marmor, während er auf seine Frau und Töchter wartete.

Als die untätigste Person im Hotel zu erscheinen – nicht ausgehen zu müssen, um Geschäfte zu erledigen oder etwas zu besichtigen – und stundenlang stillsitzen zu können: Erst im Rückblick erkenne ich diese Freiheit als Warnsignal. Es ist eine ähnliche Erfahrung, wie sie ein Kind macht, das etwas in nächster Nähe anstarrt, bis es nur mehr nicht existente Muster sieht – der Geist erfindet, was er sehen will.

Sowohl Betriebsamkeit als auch Untätigkeit machen Menschen unruhig. Die Geschäftigen laufen hin und her und weigern sich, sich mit nur einer Sache zu beschäftigen; die Untätigen sind mit tausend Bagatellen beschäftigt. Die schlimmste Art der Unruhe ist die des Geistes. Je nervöser ich in London wurde, umso ruhiger wurde mein Körper. Ich musste nicht gegen den Drang ankämpfen, ein dunkles Hotelzimmer in ein Grab zu verwandeln wie Monate zuvor in Irland. Meine Reglosigkeit reichte aus, damit die Welt sich zurückzog.

In diesem Jahr reiste ich viel. In einem Hotel in Edinburgh schlich ich mich bei einer medizinischen Konferenz ein und las die Plakate über gebrochene Knochen und entzündete Sehnen, dachte daran, was meins hätte sein können, das Leben einer Wissenschaftlerin, das auf Fakten und Gewissenhaftigkeit aufbaute. In einem Haus in Idaho – Ezra Pounds Geburtshaus – war ich der einzige Gast im ersten Stock, das Erdgeschoss war ein Museum. Wann immer Besucher kamen, hielt ich mich vollkommen still, furchtsam und neugierig, ob jemand das rote Seil aus Samt anheben und heraufkommen würde. Es war die Woche nach meinem ersten Krankenhausaufenthalt, und entgegen allen Warnungen hatte ich darauf bestanden, nach Hailey zu gehen, wo Ezra Pounds Leben begann und sechsundsiebzig Jahre später und zehn Meilen entfernt in Ketchum Hemingways endete. Als ich von einer weiteren Reise nach London zurückkehrte und im Flughafen JFK das Computersystem zusammengebrochen war und Hunderte von erschöpften und geduldigen Immigranten in langen Schlangen warten mussten, reiste ich mit meinem neuen amerikanischen Pass problemlos ein, ein kleiner Gewinn in einem Jahr unfassbaren Verlusts. Jede Reise hätte dazu dienen sollen, einen Glauben zu erneuern, der mir abhandengekommen war. *Nichts ist wichtig.* Der Glaube war fehlbar, aber ich wusste aus Erfahrung, dass Abwesenheit verlässlicher ist als Anwesenheit und eine Lüge das Leben mit einer Absolutheit aufrechterhält, die die Wahrheit nicht bieten kann.

Im ersten Studienjahr organisierte die Universität ein Treffen mit den Offizieren der Armee. Unser Studienberater, ein Mann, der das Wohnheim der Frauen nicht betreten durfte, wartete am Eingang des Gebäudes. Als ich nicht kam, schickte er jemanden, um mich zu holen, und ich versteckte mich hinter dem Vorhang des oberen Stockbetts und reagierte nicht auf das Klopfen an der Tür. Es gab keinen Grund, der Vergangenheit wiederzubegegnen, rechtfertigte ich meine Weigerung; keinen Grund, eine Zeitfolge zu verkomplizieren, die in abgeschlossene Teilstücke eingeteilt werden konnte.

Vor dem Studienabschluss bat mich eine Mitbewohnerin, ein T-Shirt zu unterschreiben, auf dem sich schon viele Unterschriften befanden. Ich tat es, aber offenbar nur widerwillig, da mir mein Freund – mein späterer Mann – Distanziertheit vorwarf. Aber ich sehe keinen Sinn darin, noch eine Unterschrift daraufzusetzen, sagte ich; sie und ich würden uns wahrscheinlich nie wiedersehen.

In diesem Moment glaubte ich, dass ich über eine Tatsache sprach. Sprach ich von einem echten Gefühl? Vielleicht nur in dem Ausmaß, dass ich mir wünschte, es würde stimmen. Die Wahrheit ist, ich wusste, dass ich das Mädchen mit dem T-Shirt nicht vergessen würde, weil sie wie die meisten Menschen, die ich kannte, Eigenschaften besaß, die mich neugierig machten – in ihrem Fall war es ihre entwaffnende Art, über ihre eigene Mittelmäßigkeit zu spotten. Ich wusste auch, dass ich die Offiziere nicht vergessen würde, die in Peking ohne den Schutz und die Autorität des Armeelagers nur unbedeutend und verloren wirken würden. Ich erinnere mich instinktiv.

Die Möglichkeit, erinnert zu werden, beunruhigt mich jedoch – nicht weil ich mir wünsche, ausgelöscht zu werden, sondern weil ich fürchte, dass Erinnerungen anderer etwas Wesentliches auslöschen werden. Erfüllte und nicht erfüllte Erwartungen, vernünftige und falsche Interpretationen, gewährtes und verweigertes Verständnis, Überprüfung aus Freundlichkeit oder Boshaftigkeit – all das erfordert das aktive Sich-Einstellen auf die Erinnerungen anderer. Warum sich nicht abwenden von diesen komplizierten Verstrickungen? Je weniger ich dir als Erinnerung anbiete, umso besser kann ich mich an dich erinnern.

Bevor ich nach London reiste, hatte ich entschieden, dass das Abhandenkommen meiner Überzeugung der Ursprung meiner Schwierigkeiten war. Jahrelang beendete Tolstoi seine täglichen Tagebucheinträge mit drei Buchstaben, den Initialen für das russische »so ich lebe«. Jeden Monat begann er mit der Bemerkung: »näher am Tod«. Wie konnte ich vergessen, jede Seite meines Tagebuchs mit der Mahnung zu beginnen, dass nichts wichtig ist?

Als ich in der Forschung in einem Krankenhauslabor arbeitete, studierte ich Mäuse mit Asthma. Mein Job war es, über eine Zeitspanne hinweg Ambrosia in Mäuse zu injizieren und die Wirksamkeit eines neuen Medikaments zu messen. Ich steckte die infizierten Mäuse in einen Glaskasten und analysierte ihren Atem. Diese und andere Daten belegten das Fortschreiten der Krankheit, doch wie sich jede einzelne Maus fühlte, blieb mir verborgen. Das Leiden als solches ist nicht messbar.

Das Wort *Asthma* stammt aus dem Griechischen und bedeutet »Atemnot«. Im alten Rom nannten die Ärzte die Krankheit »den Tod proben«. Ich notierte mir dieses Detail, als ich Senecas Briefe las. Seneca litt wie Dickens, Proust, Dylan Thomas, E. B. White, Elizabeth Bishop – die Liste kann verlängert werden – an Asthma. (Lotte Zweigs Leiden an Asthma gab Stefan Zweig als einen Grund für ihren Selbstmord an.) Jeder macht früher oder später seinen letzten Atemzug. Manchmal ermüdet es mich, etwas über Künstler zu lesen, die an Geisteskrankheiten litten. Wäre es nicht interessanter, die zu studieren, die ihren Tod proben?

Als Elizabeth Bishop Dylan Thomas' Todesanzeige las, schrieb sie an Freunde: »Es muss wahr sein, aber ich kann es immer noch nicht glauben … Thomas' Gedichte sind eng gefasst – nur eine direkte Verbindung zwischen Geburt & Tod – mit nicht viel Platz zum Leben dazwischen.« In den Monaten zwischen meinen beiden Krankenhausaufenthalten, im Juni und Oktober, las ich diesen Brief mehrmals. Eine direkte Verbindung zwischen Geburt und Tod – ich hatte immer an die Notwendigkeit geglaubt, mein Leben auf die gleiche Weise zu behandeln. Der Platz, den man selbst nicht einnimmt, wird den fiktiven Gestalten zugeteilt; die Exkursionen, die man mit ihnen macht, Ablenkungen und Verzögerungen sind ein Mittel gegen Ungeduld. Du hast keine Geduld mit dir selbst, mit deiner Arbeit, mit anderen, sagte eine Freundin zu mir in dieser Zeit; du bist der ungeduldigste Mensch, den ich kenne.

Ungeduld ist der Impuls, etwas zu verändern oder aufzunötigen. Selbstmord ist eine Art Ungeduld, die die Menschen nur selten verstehen, erwiderte ich der Freundin und zitierte zu meiner Verteidigung einen Brief von Elizabeth Bishop.

Im letzten Jahr der Oberschule schwänzte ich oft den Unterricht, unbesorgt, dass ich erwischt werden könnte: Ich war verantwortlich für die Anwesenheitsliste, die Lehrer vertrauten mir, und hin und wieder überredeten mich meine Mitschülerinnen, ein Auge zuzudrücken. An einem trüben Winternachmittag verließ ich die Schule und ging durch die heruntergekommenen Gassen nahe der Schule – heutzutage gibt es dort schicke Kneipen und Restaurants, die von ausgewanderten Chinesen und Touristen frequentiert werden. Ich suchte nach einem Ort, über den ich in der Zeitung gelesen hatte – der erste und einzige Ort dieser Art in der Stadt, hatte in dem Artikel gestanden. Es war die Zeit vor den Handys, und ich hatte keinen Stadtplan. Ich brauchte fast zwei Stunden, um den Ort zu finden, einen viereckigen Innenhof zwischen Wohnblocks. Neben dem Tor hingen über zehn Schilder mit den Namen von Organisationen. Ich betrat den Hof und sah Stapel von Briketts vor einer Mauer, mehrere Räder lehnten an einer anderen. Eine Frau kam aus einer Tür und fragte mich, was ich wollte. Ich suche nach dem Büro der Freiwilligen zur Erhaltung der geistigen Gesundheit der nächsten Generation, sagte ich. Die Frau seufzte tief. Ich kann es nicht glauben, sagte sie zu jemandem im Haus, hier ist schon wieder eine dieser verrückten Jugendlichen. Dann wandte sie sich wieder mir zu und sagte: Sie sind heute nicht da, geh nach Hause und leb dein Leben, komm nicht wieder her.

Die Gleichgültigkeit Fremder ist nicht viel anders als die Gleichgültigkeit fiktiver Figuren, doch Letztere stellen mich nicht bloß. Sie haben kein Interesse daran, sich in mein Leben einzumischen; sie haben weder die Zeit noch die Neugier, Fragen zu stellen; sie bewahren mich nicht im Bernstein ihrer Erinnerungen auf. Was sonst wünscht man sich von Menschen als diese Art Freiheit – eine Existenz am Rande der Nicht-Existenz.

Die Gleichgültigen haben jedoch Macht. Wieder und wieder lasse ich sie meine Träume usurpieren, wieder und wieder werfen sie mich aus ihrer Welt ohne Rücksicht auf Bindungen. *Geh zurück in dein wirkliches Leben,* so entlassen sie mich. Mit denselben Worten habe ich immer die Telefonate mit Freunden beendet, mich selbst verabschiedet und es mit Unbeschwertheit maskiert. Verstehst du überhaupt, fragte mich eine Freundin vor Jahren, dass du Teil von unserem wirklichen Leben bist? Ich erinnere mich, dass ich geschockt war – damals waren die einzigen wirklichen Menschen meine fiktiven Figuren. Um die Leere nach dem Abschied von einem vollendeten Buch zu mildern, bringe ich sie auf sanfte Weise um – wenn sich in die Vorstellung dieser Tat Gewalttätigkeit schleicht, dann ist sie so geheim wie der Gedanke an Selbstmord im hintersten Winkel des eigenen Kopfes. Ist das Schreiben nicht meine Art, den Tod zu proben?

Ich war nach London geflogen mit der Absicht, einen Roman aufzugeben und den Leuten zu erzählen, dass er nicht beendet werden konnte, und den Entwurf auf meinem Computer zu begraben. Keine Probe des Todes, aber ein klarer Abbruch. Der Roman hatte Unfreundlichkeit gegenüber anderen und Unbarmherzigkeit mir selbst gegenüber in mir hervorgerufen. Er hatte beinahe eine Freundschaft zerbrochen. Ich hatte mich gefragt, ob das eigene Leben und das Leben eines Romans überhaupt irgendeine Bedeutung hatten. Jahre zuvor hatte mich mein Mann gewarnt, dass Schreiben mehr voraussetzen könnte als eine wissenschaftliche Laufbahn. *Keine wahre Verrücktheit, keine wahre Kunst,* hatte er eine alte chinesische Redeweise zitiert, aber ich hatte mich geweigert, das als wirkliches Hindernis zu betrachten.

Wenn ich schreiben konnte, wovor sollte ich da noch Angst haben?

Konnte mein eigenes Leben meinen fiktiven Gestalten ausgeliefert sein? Die Möglichkeit erscheint lächerlich, doch während meines Zusammenbruchs waren sie nicht mehr meine Verbündete. Sie konfiszierten die Grenze, die ich so hartnäckig zwischen dem Schreiben und dem *Rest* meines Lebens gezogen hatte. Bis dahin hatte ich geglaubt, dass der Rest daraus bestehen sollte, minimal, an der Oberfläche zu leben, nicht zu leben. Dieses Dazwischen – leben und doch nicht leben – kann man nicht für alle Zeit aufrechterhalten. Zum ersten Mal wollte ich, dass mein Leben so legitim wäre wie das meiner Figuren, so solide, so bewohnbar. Macht mich so real, wie ihr es für mich seid – dieser Schrei konnte sich nur an die fiktiven Personen richten. Sie sollten mich nicht sehen; warum sollte der Roman dann weiterleben? Ich hatte den Menschen in meinem Leben Realität verweigert; warum sollte ich dann noch bleiben?

Wie konntest du nur an Selbstmord denken, wenn es Menschen gibt, die du liebst? Wie konntest du die vergessen, die dich lieben? Diese Fragen wurden mir immer wieder gestellt. Aber Liebe in Zweifel zu ziehen, ist falsch. Man kann sich nicht dazu zwingen zu lieben; man bringt sich nicht um, weil man aufhört zu lieben. Das Problem ist, dass Liebe ausradiert: Je blasser man wird, umso leichter liebt man.

Im Nachhinein ist mein Schlamassel klar: Ich hatte meine Aversion, etwas zu wollen, unterschätzt; ich hatte meine Fähigkeit, nichts zu wollen, überschätzt.

An einem Nachmittag in London rief ich Trevor an. Er erzählte mir von den Rückenschmerzen, unter denen er litt. Verschwende dein Mitgefühl nicht an mich, sagte er, ich bin ein alter Mann. Dann fragte er mich nach dem Roman. Er ist fast fertig, log ich, und er empfahl mir, ihn fortzusetzen und nicht herumliegen zu lassen.

Am nächsten Tag ging ich ins Britische Museum, immer ein verlässlicher Ort, um sich zwischen den Lebenden und schon lange Toten zu verlieren. Danach kaufte ich in einer nahen Buchhandlung eine Ausgabe von *Letters to Monica*, eine Auswahl von Philip Larkins Briefen an Monica Jones, die fast vierzig Jahre umfasst. Katherine Mansfields Welt hatte ich mit der schlichten Absicht betreten, mich abzulenken, als ich ihre Tagebücher in einem Antiquariat kaufte, Larkins Briefe nahm ich in die Hand, weil er und Jones in diesem Moment irrelevant für mich waren.

Ich saß im Café der Buchhandlung, bis sie schloss. In einem frühen Brief verglich Larkin einen schwer beleidigenden Brief von Jones mit einem »freundlicherweise nicht abgeschickten Brief« von Mansfield an einen jungen Mann namens Frederick Goodyear. Er begann damit, dass sie Goodyear klarmachte, sie als mögliche Geliebte falsch eingeschätzt zu haben, ein paar Zeilen später erstattete sie intim und gutgelaunt Bericht, wie sie den Tag in einer französischen Villa verbracht hatte, und endete mit der Bitte, dass er ihr wieder schreiben möge, und dann unterschrieb sie »Mit ›strikt relativer‹ Liebe, ›K. M.‹«

Mansfields Brief wäre nur eine Fußnote zu Larkins Korrespondenz gewesen – man unterstreicht sie dauernd und will sie später nachschlagen, tut es aber nur selten –, wenn ich nicht zufälligerweise am Tag zuvor einen Entwurf des Briefs in Mansfields Tagebuch gelesen hätte. Ihre Sprache war so ungestüm, dass ich am Rand notiert hatte: *Was geht hier vor?!* (Der Brief findet sich auch in Mansfields *Selected Letters* ohne Hinweis, ob er abgeschickt wurde. Larkins Glaube, dass er freundlicherweise nicht abgeschickt wurde, ist verlockend.)

Nicht abgeschickte Briefe haben etwas Grausames. Ein Brief ist ein von zwei Menschen geteilter Raum, doch indem er ihn nicht abschickt, beansprucht der Verfasser die Macht, den Empfänger gleichzeitig einzuschließen und auszuschließen. Aus Feigheit oder dem Wunsch zu kontrollieren wird im Namen der Zuneigung oder der Diskretion ein Akt vollzogen. Nicht abgeschickte Briefe sollten nicht geschrieben werden. Aber worin unterscheiden sich nicht abgeschickte und nicht geschriebene Briefe? Die Wahrheit ist schon gesagt. Auch selbst auferlegtes Schweigen spricht, aber nicht, um zu kommunizieren, sondern um zu bestrafen.

Um klarzustellen, dass er keine vertrauenswürdige Person ist, schreibt Larkin im selben Brief, dass er nicht dem von ihr konstruierten »vorteilhaften Bild« entspreche, sondern eher wie »Portias Eddie – oder sogar Portias Vater« sei. Eddie, Portia und ihr Vater stammen aus Elizabeth Bowens Roman *Kalte Herzen*. Dass er dieses Buch erwähnt, war unheimlich und erschreckend. Den Roman, den aufzugeben ich überlegte, hatte ich im Dialog mit Bowens geschrieben. (Eine der wenigen positiven Erinnerungen an den verhängnisvollen Roman: Ich befand mich in einem Keller in Los Angeles und sprach mit einem Radiojournalisten, der vom zu vielen Lesen blutunterlaufene Augen hatte. Ich muss Ihnen diese Frage stellen, bevor wir ins Studio gehen, sagte er. Er hielt eine alte Ausgabe von *Kalte Herzen* in der Hand. Haben Sie an dieses Buch gedacht, als Sie Ihren Roman schrieben? Er war der Einzige, der die Verbindung herstellte.)

Aber von einem Dialog mit diesem Buch zu sprechen, ist unpräzise, da mein Roman ein Antidialog war, geschrieben in einer Art Konkurrenz, in einer Art Antagonismus zu *Kalte Herzen* – und doch die ganze Zeit in seinem Bann. Das auszusprechen, verlangt eine Aufrichtigkeit, die ich fast nicht aufbringen will. Aber Ausweichen ist selten erfreulich, und es bringt Freude, ich muss es zugeben, wenn man etwas mit Präzision sezieren kann, einschließlich seiner selbst. (An der Universität und als junge Wissenschaftlerin bestanden die Arbeiten, die mir am besten gefielen, in präzisen Aktivitäten: alles zu entfernen, bis nur noch das intakte Nervensystem eines Insekts übrig war, den Oberschenkelknochen einer Maus zu bearbeiten, bis der Knochen nahezu durchsichtig war, und das Knochenmark herauszuholen, vorsichtig die Lunge einer Maus zu reinigen. Vielleicht liegt es an meiner Unzulänglichkeit als Wissenschaftlerin, dem Fehlen eines letzten Zwecks, dass ich das Schreiben liebe. Präzises Vorgehen bereitet mir mehr Vergnügen als das Resultat.)

Auf einer anderen Reise – viel später als die Reise nach London – begegnete ich Portia im Bahnhof von Vernon. Ich sollte Monets Garten in Giverny besuchen. Auf einem Plakat, das für eine Ausstellung warb, befand sich das *Porträt von Marguerite van Mons* des belgischen Malers Théo van Rysselberghe: ein schwarzgekleidetes Mädchen, das dabei ist, eine reichverzierte Tür zu öffnen, schaut aus dem Bild (oder schließt sie die Tür, um ihre Anwesenheit im Raum sicherzustellen – ein Eintritt und kein Abgang?). Tausende von Menschen müssen in diesem Sommer durch den Bahnhof gegangen sein, aber nicht viele hätten Portia wiedererkannt – das Bild befindet sich auf dem Umschlag meiner Taschenbuchausgabe von *Kalte Herzen* –, die dabei ist, ein Wohnzimmer zu verlassen. »Jede Bewegung war leicht übertrieben, als würde sich eine verborgene Kraft durchsetzen. Zur gleichen Zeit war sie vorsichtig, sich der Welt bewusst, in der sie leben musste. Sie war sechzehn und dabei, ihre kindliche Majestät zu verlieren.«

Portia, frisch verwaist, wird zu Thomas, ihrem Halbbruder, und seiner Frau Anna geschickt. Ein Waise ist immer ein Melodrama, aber Portia gehört zu den unerträglichsten Melodramen. Ihr ganzes Wesen offenbart die Unfähigkeit der anderen, im Leben eine Ernsthaftigkeit zu finden, die ihrer gleichkommt. Sie beobachtet die Welt mit einer gefährlichen Hartnäckigkeit. Beobachtung ist jedoch nicht gleich Verständnis, und sie schützt auch nicht. Für Portia könnte jeder Augenblick endgültig und katastrophal sein, und die Unterschiede zwischen damals, jetzt und später werden von ihrem Beharren ausgelöscht, jeden Moment so bedeutungsvoll und eindeutig zu machen, wie er im Leben nicht oft ist. Ich empfinde eine ärgerliche Verwandtschaft mit Portia – ich schlage nach diesem Gedanken, wie ich nach einer Fliege schlage. Zu behaupten, dass nichts wichtig ist, heißt zuzugeben, dass alles wichtig ist. Wie Portia kämpfe ich mit fehlender Tiefenwahrnehmung.

Eigensinnig, sagt eine Freundin über Portia, eigensinnig egoistisch. *Kalte Herzen* ist in der Tat eine Studie in Egoismus, aber große Literatur ist unvermeidlich eine Studie in Egoismus. Manche Arten von Egoismus sind weiter verbreitet als andere, manche sind respektabler oder zerstörerischer oder zynischer. Da ist Portias Vater, dessen furchtsamer Egoismus im Kontrast zum züchtigenden Egoismus seiner ersten Frau steht. (Er wird von seiner effizienten Frau dazu gezwungen, seine Geliebte zu heiraten, als diese mit Portia schwanger ist.) Da ist Eddie, der in seinem stolzen Egoismus Portias Leben zerstört. (Eddie, ein Flegel mit einem Kern aus verletzter

Unschuld, braucht dringender ein Opfer als ein herzloser Mensch.) Thomas und Anna suchen Behaglichkeit in ihrem ordentlichen Egoismus, und als sie sich gefangen in Portias Melodrama wiederfinden, können nicht einmal ihre kalten vernünftigen Egos das Leben wiederherstellen, das sie an der Oberfläche geführt haben.

Manche Menschen, die die Grenzen ihres Selbst kennen, betrachten alles, was sich jenseits davon befindet, als unbedeutend. Dieser Egoismus mag nicht ehrenwert sein, man muss jedoch seine Aufrichtigkeit bewundern, als Anna zugibt, Portias Tagebuch gelesen zu haben. »Nein, das ist überhaupt nicht merkwürdig: Es ist etwas, das ich tue«, sagt sie ohne Gewissensbisse und ohne sich zu rechtfertigen.

Portia und Anna, vermutete einer von Bowens Liebhabern in seinem Tagebuch, waren »die zwei Hälften« von Bowen, eine mit »der Naivität der Kindheit – oder dem Genie«, die andere »wie eine feindselige Person, die sie von außen sieht«. Bowens Genie bestand darin, sich selbst unbesiegbar zu machen, indem sie die zwei Hälften gegeneinander antreten lässt.

Bowens Grausamkeit gegenüber ihren Figuren ist nicht von ihrer Nachsicht zu unterscheiden. Anna setzt es sich zum Ziel, alle Gefühle auszumerzen. Portia will nichts anderes, als dass ausnahmslos alle ihren Gefühlen nachgeben. Wenn Anna nicht so gnadenlos dabei wäre, sich selbst alle Beziehungen zu versagen, würden wir den Respekt vor ihr verlieren. Wenn Portia nicht so vor – nicht geforderter und unverdienter – Liebe überflösse, würden wir sie beschützen wollen. Bowen manipuliert uns so, dass wir am meisten mit Anna fühlen, wenn sie am kältesten ist, und stellt uns bloß, wenn wir uns auf die Seite der herzlosen Welt schlagen und Portia die Würde des Leidens verweigern.

Bowen hinterließ keine Tage- oder Notizbücher. Vielleicht haben sie auch nicht überlebt, und man fragt sich, was sie notierte, wenn sie nur für sich schrieb. Vielleicht aber schrieb sie auch nichts Privates und Enthüllendes auf – noch ein Grund, warum ich mit ihr im Widerstreit liege. Wenn ich schreibe, verspüre ich die Notwendigkeit, sie zu konfrontieren, als könnte ich mich nur vor ihr schützen, indem ich dem gleichkomme, was sie getan hat. Die Unschuld, die Bowen in ihren Romanen zerstört, will ich mit gleicher Entschlossenheit zerstören. Den Egoismus, den Bowen gewähren ließ, will ich auch gewähren lassen. Die Gewalt – psychologische mehr als körperliche –, die Bowen ihre Figuren ertragen lässt, will ich auch meinen antun und sie ertragen lassen. Portia wird in ihren verletzlichsten Momenten bloßgestellt und verraten, und Bowen lässt ihr keine Hilfe von anderen und sich selbst zukommen; mit der gleichen Befriedigung habe ich nur wenig Sympathie mit meinem jüngeren Selbst, das an einem Winternachmittag mit tödlichen Gedanken an einem See sitzt. Nein, ich schlage mich auf die Seite der jungen Männer, die auf Rädern an ihr vorbeifahren und sie auffordern, ins Wasser zu springen, auf die Seite der Frau, die in den Hof kommt und sie verscheucht, der Mutter, die ihr mit einem Blick auf die Uhr die genaue Anzahl der Minuten mitteilt, die sie, erschöpft vor Unentschlossenheit, zu spät nach Hause kommt.

»Ich weiß nicht, was geschehen wird, aber ich weiß, was geschehen kann«, schrieb Seneca in einem Brief. Der Schrecken, der dieser Aussage innewohnt, lässt mich schreibend gegen Bowen kämpfen – nicht um mit ihr zu sprechen, was auf Verständigung aus wäre; nicht um zu streiten, was eine intellektuelle Auseinandersetzung wäre; nicht um sie zu konfrontieren oder aus künstlerischen Meinungsverschiedenheiten oder Missverständnissen oder auch nur aus Eifersucht, sondern um etwas Wesentliches festzuhalten. »[Ich bin] eine Schriftstellerin, bevor ich eine Frau bin«, sagte sie von sich selbst. Ich könnte mühelos eine absolutere Position vertreten: eine Schriftstellerin zu sein, bevor man ein Mensch ist, oder nur eine Schriftstellerin und nichts anderes zu sein. Bowen zeigt mir, was zu werden ich in der Lage bin; ihre Figuren zeigen mir, was jeder in der Lage ist zu werden. Aufgrund dieses Wissens wende ich mich gegen sie, und es bringt mich doch zurück zu ihrem Werk. »In dem Moment, in dem man traurig ist, ist man gewöhnlich«, schrieb sie in einem Brief. Aber das reicht nicht. In dem Moment, in dem ich etwas fühle, fühle ich mich fatal.

Als Larkin sich mit achtundzwanzig mit Eddie oder Portias Vater verglich, muss er es aus Selbstverachtung und Selbstverteidigung getan haben. Was für ein Bewusstsein, was für eine Resignation, was für eine passive Aggressivität müssen den Mann veranlasst haben, den Brief zu schreiben.

»Mein Leben ist so ganz und gar egoistisch, dass mich Schimären der Selbstlosigkeit quälen«, schrieb er Jones später und erklärte noch einmal seinen mangelnden Willen, sich zu engagieren.

> Ich sehne mich danach, mich jemand anderem gänzlich zu überlassen. Die Besonderheit meines Charakters ist es, dass ich nie das Gefühl habe, *irgendetwas* würde sich vermischen – entweder »danke ich nicht ab« & die andere Person verliert, oder ich tue es, und ich verliere mich selbst. Eine monströse infantile Kapsel an Egoismus in mir, der ich langsam die Luft abdrücke. Über K.M.s [Katherine Mansfield] Träume eines gemeinsamen Lebens mit Murry zu lesen – das beunruhigt sehr … Mit jemand anderem

still und sich ergänzend zu leben, wäre außergewöhnlich – nahezu unmöglich – ich weiß nicht, nur die Tatsache, dass ich nichts für andere tue, treibt diese Selbstsuche an.

Das Gegenteil davon ist eine Person, die alles für andere tut – beispielhafte Selbstlosigkeit, die mir mein Leben lang vertraut ist: Sie kapselt das Leben meiner Mutter ein. Bevor sie in Rente ging, war sie Lehrerin, respektiert von Generationen von Schülern und Eltern, weil sie alles für sie tat. Meine Mutter war die erste von mir aus der Nähe, vielleicht zu großer Nähe beobachtete Person, deren öffentliche und private Person kaum etwas gemein hatten.

Wenn jemand nicht für andere lebt, heißt das nicht, dass er weiß, wie er für sich selbst leben kann. Vielleicht bevorzugt man irgendjemanden – eine Mutter, einen Liebhaber, eine Freundin –, der weiß, wie man für sich selbst leben kann. Das Wissen allein verursacht noch keinen Egoismus.

Zweiundzwanzig Jahre, nachdem er sich mit Portias Eddie verglichen hatte, war Larkin nicht besser dran.

> Ich bin ich nicht so zuversichtlich wie Du, wenn es darum geht, die Wahrheit zu sagen: nicht sicher, dass ich es kann, nicht sicher, dass ich es will. Ich klammere mich an Heuchelei. … Du siehst das sehr wohl, aber ich glaube, Du interpretierst es als vorsätzliche und feindselige Täuschung. Mir erscheint es nicht so, eher als versuchte ich, das Leben erträglich zu machen.

Die unerträgliche Anstrengung, das Leben erträglich zu machen, ist ein immer wiederkehrender Refrain in Larkins Briefen und entspringt der gleichen Philosophie, die Thomas' und Annas Leben in *Kalte Herzen* diktiert. Auch wenn man das frustrierend findet, muss man um sie fürchten. Sie werden von Portia sabotiert, die sich unablässig darum bemüht, ihr Leben unerträglich zu machen, außer es wäre zu ihren Bedingungen.

Larkins beständige Selbstvorwürfe und unermüdliches Bemühen, sich für sein Versagen zu entschuldigen, lassen mich glauben, dass er ein emotional ehrliches Leben geführt und die Schmerzen anständig ertragen hat. Doch dieser Eindruck muss daher stammen, dass ich in wenigen Monaten die Korrespondenz von Jahren gelesen habe. Natürlich hat er in der Zeit gelebt, sie sogar ertragen: einsame Fahrradfahrten im Regen, Abende allein, als er ungenießbares Essen kochte, lange Nächte, als er auf die Übertragung von Händels Musik wartete, Ärger mit Freunden, der Familie und Geliebten, Streit mit Jones in Briefen und am Telefon, Zusammenbrüche, verletzendes Schweigen.

> Der Gedanke, dass die Zeit vergeht (oder was immer man unter diesem Ausdruck versteht), macht mir Angst, ob ich etwas »tue« oder nicht. Zuinnerst glaube ich vielleicht, dass Nichtstun eine Bremse für die »Zeit« ist – das ist es natürlich nicht. Es fügt nur die Qual hinzu, nichts getan zu haben, sobald die Zeit kommt, wenn es wirklich nicht mehr wichtig ist, ob Du etwas getan hast oder nicht … Vielleicht bist Du ein größeres Talent dafür, nichts zu tun, als ich.

Ich beneidete Larkin, als ich diese Passage las, ein paar Monate später nach einem weiteren Krankenhausaufenthalt. Mein Leben war auf Eis gelegt. Ich musste mit Diagnosen zurechtkommen, Medikamente einnehmen und mich an Regeln halten, Krankenhausmitarbeitern Bericht erstatten, die jedoch nur eine Option eliminierten. Was sie ersetzen sollte, war mir nicht klar, doch die Frage zu beantworten überschritt die Kapazität aller. Es ist einfacher, etwas wegzunehmen, als etwas zu geben. Geben erfordert Verständnis und Phantasie; Wegnehmen erfordert nur Entschlossenheit und Tatkraft.

Ist der Wunsch, dem Leiden zu entkommen, egoistisch? Selbstmord gilt als egoistisch. Aber auch weniger extreme Maßnahmen lassen Wunden im Leben anderer zurück. *Kalte Herzen* ist nicht nur eine Studie des Egoismus, sondern auch eine Studie des Kampfes, dem Leiden zu entfliehen. Wem dabei Schaden zugefügt wird, will niemand fragen.

Die Frage, die mich jedoch mehr beunruhigt, stellt sich vor dem Selbstmord: Ist Leiden egoistisch?

Seitdem ich mich erinnern kann, spricht meine Mutter von mir als einer egoistischen Person. Wäre ich religiös, würde ich jeden Abend für die Erlösung von dieser Sünde beten. Es gibt kein Maß, um Egoismus zu messen: Wie viel seiner Selbst widmet man anderen oder welcher Teil des Lebens wird gelebt und welcher Teil wird aufgegeben. Mein ganzes Leben lang ist es mir nicht gelungen, mich als selbstlos zu erweisen.

Einmal flehte ich meine Mutter an, sich vorzustellen, wie sich meine Schwester als Kind gefühlt haben musste, weil sie ihr immer zu verstehen gab, dass sie die weniger Hübsche, weniger Schlaue und deswegen weniger geliebte Schwester war. Meine Mutter brach in Tränen aus. Als sie vier war, bin ich in den Laden gegangen und habe ihr zu Neujahr eine neue Bluse gekauft, obwohl es mir schlecht ging, sagte sie. Wie kannst du behaupten, dass ich sie schlecht behandelt habe? Nachdem meine Kinder geboren waren, erzählte mir meine Mutter mehrmals, dass sie sich nachts nie um uns gekümmert hat, als wir Kleinkinder waren. Euer Vater musste aufstehen und euch füttern, er wusste, dass ich im Schlaf nicht gestört werden wollte, sagte sie so stolz, dass ich mich fragte, ob alles, was sie getan hatte, mit mehr Verständnis betrachtet werden sollte: Sie ist vielleicht eine der wenigen unbestreitbar unschuldigen Personen, denen ich im Leben begegnet bin.

Kann man Unschuld egoistisch nennen? »Unschuld ruft immer lautlos nach Schutz, obwohl wir so viel besser beraten wären, uns vor ihr in Acht zu nehmen: Unschuld ist wie ein dummer Aussätziger, der sein Glöckchen verloren hat und durch die Welt läuft, ohne Böses zu wollen«, schrieb Graham Greene über Alden Pyle in *Der stille Amerikaner.* Jetzt ist mir klar, dass nur die Unschuldigen das Recht haben, Egoismus zu denunzieren, da sie kein Gefühl dafür haben, wo ihr Selbst endet und ein anderes beginnt. Ja, ihr Selbst hat kein Ende. Sie kennen nur die eine Welt, die ihr Selbst vervollständigt und zusammenhält. Wenn wir diese Welt betreten, sind wir Eindringlinge; wenn wir sie verlassen, lassen wir sie im Stich; wenn wir uns nicht nach den Regeln der Unschuld richten, sind wir Verräter.

(Ist Marianne Moores Mutter nicht auch unschuldig? Und Turgenjews Mutter? Alle Mütter sind unschuldig, wenn sie ihren Kindern Egoismus vorwerfen.)

Einer realen Person mit unbestimmten Grenzen kann man sich nur als Hypothese nähern. Von einer literarischen Figur verlangt man, dass sie erklärbar ist. Manche Figuren sind williger als andere, einen Kontext zu offerieren. Die jungen Frauen in Jane Austens Romanen zum Beispiel suchen nach dem Glück und leiden, wenn es ihnen verweigert wird von der Situation, dem Zufall oder von Verrücktheit. Keine Figur rebelliert so sehr gegen diese Forderung wie Sue Bridehead in *Jude Fawley, der Unbekannte.*

Wie Larkin bin ich besessen von Hardy, vor allem von seinem letzten Roman (»wie ein Autounfall«, sagte Larkin darüber). Sue ist so inkohärent, dass ich mir die Frage nach ihrer Glaubwürdigkeit stelle. Nicht, dass ich ihr als Figur nicht glaube – das wird häufig an einer weniger erfolgreichen Figur kritisiert –, aber ich kann nicht glauben, dass eine Figur eine solche Unerklärbarkeit erreichen kann. »Wirklich zu irritierend, dass sie keine reale Person war«, schlussfolgerte Larkin, und manche Biografen haben Hardys erste Frau als Vorbild ins Spiel gebracht.

Wenn wir behaupten, eine Person zu kennen, schreiben wir diese Person ab. Das ist im Leben manchmal nötig. Uns geht die Zeit oder die Geduld oder die Neugier aus; oder wir verlassen willentlich oder auch nicht die Situation, die Nachforschungen möglich und notwendig macht. Eine abgeschriebene Person kann eine literarische Gestalt werden – je nachdem, wie barmherzig das Gedächtnis ist.

Wenn Figuren auf Wirklichkeit verzichten, werden sie für den Leser real und bekannt. Sue – womöglich wird diese Behauptung Verwirrung oder Missverständnisse auslösen – ist zu unergründlich real für eine fiktive Figur. Sie beginnt unverständlich und endet unverständlich. Doch trotzdem ich von ihr frustriert bin, ist sie vielleicht die einzige literarische Gestalt, die ich um jeden Preis verteidigen würde.

In Sues Leben gibt es eine Episode, die an eine Episode in Mansfields Leben erinnert. Als Jugendliche galt Mansfields romantisches Interesse zwei Brüdern. Als sie von einem schwanger wurde, heiratete sie hastig einen Sänger, der elf Jahre älter war als sie, verließ ihn jedoch am Abend der Hochzeit sofort wieder, ohne dass die Ehe vollzogen worden wäre. Als sie nach einer Fehlgeburt wieder genesen war, lernte sie John Middleton Murry kennen. Die beiden begannen eine

Beziehung und trennten sich zweimal, bevor Mansfields Ehe gesetzlich aufgelöst war.

Eine Generation vor ihr lebt Sue in einer platonischen Beziehung mit einem Studenten, bevor sie Jude kennenlernt. Ihre Haltung zu Jude, »all dieses Nein-du-musst-mich-nicht-lieben-also-gut-wenn-du-willst-dann-schon-Zeug«, wie Larkin sich ungeduldig ausdrückte, wird von vielen, darunter V. S. Pritchett und Larkin als Koketterie gelesen. Ich finde ihr Verhalten schwerer definierbar: Ihre hastige Entscheidung, eine Ehe mit einem älteren Mann einzugehen, obwohl sie ihn und Sex im Allgemeinen nicht mag, ihr kindisches Beharren darauf, dass Jude mit ihr kurz vor der Trauung den Gang in der Kirche entlanggeht wie ein verheiratetes Paar, ihre impulsive Entscheidung, ihren Mann für Jude zu verlassen unter der Bedingung, dass sie eine Beziehung ohne physischen Kontakt führen (und später Jude zu verlassen, um ihren ersten Mann noch einmal zu heiraten), schließlich ihre Einwilligung, Judes Geliebte zu werden, ihn jedoch nicht zu heiraten – all das macht vermutlich das Wesen aus, das Hardy für Sues Charakter beabsichtigte, ihre »kolossale Widersprüchlichkeit«. »Sues Logik war ungewöhnlich vielschichtig und schien darauf hinauszulaufen, dass es richtig schien, etwas zu tun, bevor es getan war, doch nachdem es getan war, war es falsch; oder in anderen Worten, dass Dinge, die theoretisch richtig waren, praktisch falsch waren.«

Aus der unkonventionellen Mansfield ließe sich ein gutes Drama machen. Sie gehört zu denen, die unermüdlich Kontexte für sich selbst erschaffen. Nichts – nicht ihre Fehlurteile, ihre Unvorhersagbarkeit, das Leiden, das sie anderen und sich selbst zufügt – würde unser Verständnis und vielleicht sogar unsere Liebe für sie als Romanfigur beeinträchtigen. Ihre Tagebücher enthalten vielsagende Details – flüchtige

Gedanken, nagende Schmerzen, brillante Sätze, die sich später in ihren Geschichten wiederfinden. Am besten gefallen mir jedoch die Ausgabenlisten: überwiegend für das tägliche Essen, aber immer auch Briefumschläge, Briefpapier, Briefmarken und manchmal Telegramme, für die sie insgesamt mehr ausgibt als für Lebensmittel. Auch andere kleine Ausgaben führt sie auf – zum Beispiel »Sicherheitsnadel für Jack [Murry]« oder »Vorhänge« und »Schuhcreme«, »Haarnadel«, »Wäscherei (!)«, und »Rechnung der Schneiderin«. (In den Tagebüchern von Virginia Woolf – einer Freundin und Rivalin – würde man vermutlich nur die Beschreibungen von Tee- und Lunchgesellschaften lesen, aber nie die Ausgaben dafür.)

Sue bliebt unverständlich. »Ich frage mich, was genau er getan hat«, rätselte Larkin über Hardys Absichten. Er hätte aus ihr eine glaubhafte Figur machen können, die mit ihrer Unentschlossenheit und Ambivalenz fasziniert und frustriert. Andere Charaktere – auch die am wenigsten sympathischen – behandelte er mit mehr Vorbedacht.

Zum Beispiel Arabella, Judes erste Frau. Einerseits war es vielleicht Hardys Absicht, dass sich der Leser aufgrund ihrer Vulgarität, Unehrlichkeit und Kälte von ihr abgestoßen fühlt, andererseits stattete er sie mit unmissverständlicher Lebhaftigkeit aus. Sie ist keine ambivalente Figur, sie wünscht sich nur, etwas aus einem Leben zu machen, das wenig zu bieten hat. Wir begegnen Arabella als junger Frau, die übt, die Wangen einzuziehen, damit sie anziehende Grübchen bekommen. Und später im Roman liegt Arabella mit dem Rücken zur Tür, als Sue eintritt. Sie glaubt jedoch, es wäre Jude, zieht die Wangen ein, nur um die Vergeblichkeit der Grübchen zu erkennen, als Sue spricht.

Das Vorwort zur ersten Ausgabe endet mit dieser präventiven Behauptung: »*Jude Fawley, der Unbekannte* ist nur der

Versuch, einer Reihe Erscheinungen oder persönlicher Eindrücke Form und Stimmigkeit zu geben, die Fragen nach ihrer Widerspruchsfreiheit oder Einheitlichkeit, ihrer Dauerhaftigkeit oder Vergänglichkeit sind nicht von vorrangiger Bedeutung.« Die Erscheinungen betreffen vor allem Sue. Was veranlasst Hardy, Sue die Form und Stimmigkeit zu verwehren, die er anderen Figuren gewährt?

Am Ende des Romans spricht Arabella neben Judes Grab eine rachsüchtige Wahrheit über Sue aus: »Seit sie ihn verlassen hat, hat sie keinen Frieden mehr gefunden, und sie wird ihn erst finden, wenn sie so tot ist wie er!« Die Grausamkeit eines Schriftstellers besteht darin, eine wirkliche Person in die Literatur zu verbannen. Dann ist sie gezwungen, ihre Nicht-Kennbarkeit aufzugeben. Wenn sie diesem Schicksal die Stirn bietet, ist sie wehrlos den anderen Figuren und auch den Lesern gegenüber, die sie für eine nicht gelungene Figur halten.

Doch wenn ich Hardys Ungerechtigkeit thematisiere, begehe ich dann nicht den Fehler, eine fiktive Figur mit dem Autor oder einer Person in seinem Leben zu identifizieren, wozu wir oft neigen? Man kann das Werk und die Biografie eines Schriftstellers detektivisch nach überzeugenden und verführerischen Details absuchen. Ernest Hemingway rechtfertigte seine Untreue in einem Brief an seinen Vater: »Du hast das Glück, dass Du Dich im Leben nur in eine Frau verliebt hast«; Virginia Woolf schrieb über ihre Eifersucht auf Mansfield während ihres Lebens und nach ihrem Tod in ihr Tagebuch: »Bekommen die Leute immer, was sie verdienen, & hat K.M. etwas getan, dieses billige posthume Leben zu verdienen? & bin ich jetzt noch eifersüchtig auf sie?« Es ist nicht überraschend, dass aus Autoren Figuren werden: Hemingway, Woolf und sogar Larkin mit seinem für die Leinwand dramatisierten Liebesleben. Nimmt man ihnen etwas von ihrer Wirklichkeit, verstärken ihr Ruhm und ihre Eigenwilligkeiten, ihre Reisen ins Innere und ins Leben ihre Eigenschaften als Figur und taugen als spannende Geschichten. Die Grausamkeit der Leser besteht darin, Autoren zu Figuren zu machen. Und ihre Tagebücher und Briefe zu lesen, ist der erste unfehlbare Schritt.

In einem Brief schreibt Larkin über Tryphena Sparks, Hardys Cousine, die manche als das Vorbild für Sue sehen. (Es gibt die Vermutung, dass Tryphena eine frühe Geliebte Hardys war; vielleicht hatten sie auch ein Kind.) »Aber ich wäre enttäuscht, sollte es stimmen – erstens, weil ich TH nicht für einen Mistkerl gehalten habe, & zweitens, weil es mir überhaupt nicht passen würde, wenn er einen *Grund* hätte, trübsinnig zu sein – ich dachte, er & nur er allein hätte das dem Leben innewohnende Elend gesehen.«

Warum ist Sue Bridehead so *wichtig*? Ich wünschte, ich könnte mit Larkin darüber sprechen. Ich wünschte auch, ich könnte Hardy diese Frage stellen. Ich las andere Romane von Hardy noch einmal und die Briefe von Hardys zwei Frauen. Ich las Romane, deren Figuren sich nur in meinem Kopf begegneten; ich las die Tagebücher und Biografien von Schriftstellern, die über Fußnoten miteinander verbunden waren. Ich sah kaum Leute außerhalb des Hauses; ich sprach mit niemandem außer mit einer Freundin am Telefon. Abgeschiedenheit stellt eine Gefahr dar, wurde ich immer wieder gemahnt. Aber was, wenn sich der reale Kontext einer Person in Büchern findet? An manchen Tagen, wenn ich von einem Buch zu einem anderen wechselte, beschäftigt mit Gedanken, die von keinerlei Bedeutung waren, verspürte ich manchmal Heiterkeit: Alles, was in meinem Leben nicht zu lösen war, war nur eine Bagatelle, solange ich es auf Distanz halten konnte. Zwischen meinem suspendierten Leben und mir selbst waren diese toten Menschen und ihre fiktiven Gestalten. Unter ihnen konnte ich meine Tage verbringen, so wie ein Kind seine Stofftiere in einem Kreis aufstellt, wenn es Nacht wird.

Einmal verlor ich beinahe Larkins Briefe. Meine Tasche wurde mir gestohlen, und einen halben Tag lang war ich verzweifelt. Nachdem ich ein Lösegeld bezahlt hatte, bekam ich Larkins Briefe, einen dicken Band von Kierkegaard und mein Tagebuch zurück. Ein Computer, eine Brieftasche und eine Handvoll Stifte gingen in den Besitz anderer Leute über.

Eine Verletzung der Privatsphäre, sagte jemand mitfühlend über mein gestohlenes Tagebuch. Aber das waren nicht meine Bedenken. Der Dieb, für den mein Tagebuch eine materielle Chance darstellte, konnte nicht in meine Privatsphäre eindringen – die darin notierten Einträge waren für einen Außenseiter nur Wiederholungen einer Kuckucksuhr. Aber der Diebstahl deckte die Illusion auf, in der ich mein Leben lebte. Das Tagebuch zu verlieren bedeutete, der Kontinuität von einem Tag zum nächsten verlustig zu gehen. Die Bücher – *meine* Exemplare – zu verlieren bedeutete, Gespräche nicht weiterführen zu können. Und Gespräche sind mein Beweis für die Zeit. Ich verschließe die Tagebücher oft und stelle die Bücher ins Regal, aber sie sind dennoch eine dauernde Einrichtung. Im Gegensatz zu menschlichem Leben und Gefühlen sind sie nicht mit Zaubertinte geschrieben.

Mansfield ist eine der am häufigsten erwähnten Autorinnen in Larkins Briefen. Die Analyse ihres Lebens und ihrer Liebesaffären ist der Rahmen, in dem Larkin über sich selbst spricht. Ich las beide zur gleichen Zeit. Ständig interpretierte ich, verteidigte Mansfield oder widersprach Larkins Rechtfertigungen von Mansfield. Zudem war ich mir überdeutlich bewusst, dass meine Obsession nur das reflektierte, was ich mir selbst übelnahm: Abschottung, Selbsttäuschung und vor allem das Bedürfnis – die Bedürftigkeit –, in anderen Leben Schutz vor meinem unsicheren Selbst zu finden. Für Mansfield war es Tschechow; für Larkin waren es Mansfield und Hardy. Es passt zu Mansfield, dass sie jemanden wählte, der war, wie sie sein wollte, und Larkin Autoren, die seine Schwächen entschuldigen würden.

Als Larkin Jones ein Vorausexemplar von *The Whitsun Weddings* schickte, ohne sie zu warnen, dass der Band ein Liebesgedicht an eine andere Frau enthielt, konnte Jones es nicht fassen. Larkin antwortete auf seine typische und deswegen aufschlussreiche Weise:

> Meine Entschuldigung – oder wenn es keine Entschuldigung ist, meine Antwort – ist, wie Du Dir denken kannst, völlige Vergesslichkeit: Ich zögerte keinen Augenblick, es aufzunehmen, weil ich nicht geglaubt habe, dass es Dich stören würde, und es schien gut genug. … Es tut mir leid wegen *Broadcast*, und ich bin überzeugt, dass meine Verzweiflung echt war. Vermutlich setze ich Gedichte nicht mit dem wirklichen Leben gleich wie die meisten Menschen – ich meine, sie sind auf gewisse Weise wahr, aber doch sehr geschönt & zensiert.

Auch ich setzte Schreiben nicht mit dem wirklichen Leben gleich – in die Enge getrieben, würde ich mit Larkin übereinstimmen, aber ich bin nicht in der Lage zu sagen, was das wirkliche Leben ist. »Wenn mich niemand lesen würde, würde ich schreiben? Vielleicht nicht; aber ich könnte nicht aufhören, in meinem Kopf zu schreiben«, schrieb V. S. Pritchett in einem Brief an Elizabeth Bowen. Selbstverständlich ist Schreiben wesentlich für einen Schriftsteller und gelesen werden auch – halbherzig wiederhole ich diese Überzeugung vor mir und anderen. Aber in Wahrheit habe ich diese Notwendigkeiten erst mit dem Leben eines Autors verbunden, nachdem ich Pritchetts Brief gelesen hatte. Schreiben ist eine Option, auch nicht schreiben ist eine Option; gelesen werden ist eine Möglichkeit, ebenso wie nicht gelesen werden. Das Lesen jedoch setze ich mit dem wirklichen Leben gleich: Es kann aufgeschlagen und geschlossen werden wie ein Buch; Leben ist eine Entscheidung, ebenso wie nicht leben.

Wenn ich diese Worte laut ausspreche, habe ich Angst, dass ich wieder etwas falsch verstehe – nicht, dass andere nicht damit einverstanden sind oder mich missverstehen, sondern dass ich, je mehr ich mich dem annähere, was ich eigentlich sagen will, umso weiter davon abschweife. Jedes Wort ist das falsche Wort, wenn es dem Unaussprechlichen zu nahe ist.

Mir ist klar, dass ich jedes Mal, wenn ich ein Gespräch mit einem Buch führe, von jemandes Entscheidung profitiere, nicht zu schweigen. Denn ich bin begierig auf das, was mir fehlt. Ich habe eine Freundin, die viele Sätze löscht, bevor sie einen stehen lässt; eine andere Freundin behält ihre Gedanken für sich. Doch ich glaube, dass es eine Wahrheit gibt, die im Nicht-Gesagten wahrhaftiger ist; nachdem ich gesprochen habe, leide ich unter der Angst, keinen Anspruch mehr auf diese Wahrheit zu haben.

Warum schreiben, um sich in einer Falle zu fangen? Unschuld – wie sie Bowen in *Kalte Herzen* beschreibt – ist eine Antwort:

> Unschuld gerät fortwährend in eine verkehrte Position, dadurch lernen innerlich unschuldige Menschen, unehrlich zu werden. Weil sie keine Sprache finden, um sich in ihrer Begrifflichkeit auszudrücken, begnügen sie sich

> damit, unvollkommen übersetzt zu werden. Sie leben allein; wenn sie versuchen, Beziehungen einzugehen, machen sie verfälschende Kompromisse, weil sie Angst haben und unbedingt Wärme geben und empfangen möchten. Unsere Gefühle sind ihnen zu unredlich. Sie handeln zwangsläufig unbesonnen und müssen sich dann der Täuschung bezichtigen lassen. In der Zärtlichkeit und dem Ungestüm, mit denen sie ihre Liebe geben, steckt für die weniger Unschuldigen tausendmal Verrat. Unheilbar fremd in der Welt, hören sie nie auf, übermenschliches Glück einzufordern. Ihre Einzigartigkeit, ihre Rücksichtslosigkeit, ihr stetiges Verlangen haben notwendig zur Folge, dass sie grausam sind und Grausamkeit erleiden.

Im Leben scheint es klug, die Unschuldigen zu meiden. Doch in Wahrheit wächst einem die Unschuld ans Herz. Ich habe lange über Sue und Portia nachgedacht. Ich habe auch über meine Mutter nachgedacht. Es ist einfacher, unter fiktiven Gestalten zu leben – fremden und meinen eigenen. Selbst die realen Personen, deren Leben vorbei ist, werden im Lesen zu Figuren. Sie würden meine Unschuld nie aufspüren. Und ich schreibe aus Unschuld.

Ich verließ London, ohne einen Entschluss bezüglich des Romans gefasst zu haben. Zu Hause las ich einen früheren Brief von Trevor wieder, in dem er nach einem anderen Roman fragt: *Wie steht es mit dem Roman? Man erkundigt sich danach wie nach einer kranken Person, und ein nicht fertiger Roman ist damit zu vergleichen. Man erreicht das Ende, und das Ding ist entweder tot oder in einem viel besseren Zustand. Die Toten sollte man in Ruhe lassen.*

Sprechen ist eine Unbesonnenheit, die ich riskiere

Neulich war ich in einem Traum wieder in Peking am Eingang unseres Wohnblocks, wo ein öffentliches Telefon mit schwarzer Wählscheibe einst von den alten Frauen vom Nachbarschaftskomitee bewacht wurde. Wenn ich mit Freundinnen telefonierte, hörten sie zu, ohne ihre Geringschätzung oder Neugier zu verbergen; nachdem ich fertig war, beschwerten sie sich über die Länge des Gesprächs, bevor sie es eintrugen und die Kosten berechneten. Damals übernahm ich viele Aufträge für Gänge, bevor ich die Wohnung verließ, um zu telefonieren, damit meinen Eltern meine lange Abwesenheit nicht auffiel. Mein Taschengeld – das nicht wirklich ein Taschengeld war, sondern nur das, was ich mir von meinem Essensgeld absparte – gab ich für Telefonate, Briefmarken und Briefumschläge aus. Wie eine viktorianische Figur prüfte ich unsere Post vor meinen Eltern und nahm Briefe für mich an mich. Sich vorzustellen, dass diese eifrige Person – die keine Verbindung zur Welt versäumen wollte – zu der Einzelgängerin wurde, für die ich mich heute halte: In jeder Jugend muss es Dinge geben, die man später lieber nicht mehr eingehend betrachtet.

In dem Traum bat ich um das Telefon. Zwei Frauen kamen aus dem Büro. Ich erkannte sie wieder. Im wirklichen Leben sind beide gestorben. Nein, sagten sie, das Telefon gibt es nicht mehr, weil heutzutage jeder ein Handy hat. Der Traum war nicht außergewöhnlich – ein melancholischer Besuch in der Vergangenheit ist jenseits unserer Kontrolle – abgesehen von der Tatsache, dass die Frauen Englisch mit mir sprachen.

Als ich zu schreiben begann, fragte mich mein Mann, ob ich die Bedeutung meiner Entscheidung begriff. Er meinte nicht die praktischen Implikationen, von denen es zahlreiche gab: die nebulöse Hoffnung, veröffentlicht zu werden, die mangelnde berufliche Sicherheit, die härteren Einwanderungsbestimmungen. Viele meiner Kommilitonen erhielten als Wissenschaftler die Green Card, weil sie dem nationalen Interesse dienlich waren. Ein Künstler ist für kein Land von großem nationalen Interesse.

Die Frage meines Mannes betraf die Sprache. War mir klar, was es bedeutete, auf meine Muttersprache zu verzichten?

Nabokov antwortete einmal auf eine Frage, die er vermutlich nicht mehr hören konnte: »Meine private Tragödie, die eigentlich niemanden angehen kann und sollte, ist, dass ich meine Muttersprache aufgeben musste.« Wenn man etwas eine Tragödie nennt, ist es nicht länger persönlich. Man weint aus privatem Schmerz, erst wenn ein Publikum herbeieilt, um Verständnis und Mitgefühl zu behaupten, wird es zur Tragödie. Das Leid gehört einem selbst, die Tragödie gehört anderen.

Ich fühle mich ein bisschen schuldig, wenn ich mir Nabokovs Leid vorstelle. Wie alle Intimitäten kann die Intimität mit der eigenen Muttersprache mehr von einem verlangen, als man willens oder in der Lage ist zu geben. Wenn ich ehrlich bin, würde ich mir von Nabokov ein stärkeres und seltsameres Argument entlehnen. Meine persönliche Rettung, die niemanden etwas angehen kann und sollte, ist, dass ich meine Muttersprache enteignet habe.

Als es mir nicht gutging, träumte ich eine Weile lang, ich wäre wieder in Peking, stand auf dem Dach eines Gebäudes –

einer dieser grauen Wohnblocks sowjetischer Prägung – oder fuhr in einem Bus durch ein unbekanntes Viertel. Wenn ich aus diesen Träumen erwachte, notierte ich in mein Tagebuch Dinge, die ich gesehen haben könnte: ein Schwalbennest unter einem Balkon, den Stacheldraht auf dem Dach, einen Garten, in dem alte Leute saßen und Klatschgeschichten erzählten, die Briefkästen an Straßenecken, rund und grün, staubbedeckt, und hinter einem viereckigen Fenster aus halb undurchsichtigem Plastik ein handgeschriebener Zettel mit den Leerungszeiten.

Aber ich habe nie von Iowa City geträumt, wo ich in Amerika als Erstes lebte. Wenn man mich nach meinen ersten Eindrücken von dem Ort fragt, kann ich nichts in meinem Gedächtnis finden, das eine sinnvolle Antwort darstellen würde. Während eines kurz zurückliegenden Besuchs dort fuhr ich in das Viertel, durch das ich damals täglich gegangen bin. Die einstöckigen Häuser, die in angenehm matten Farben gestrichen sind, mit Gärten und weißen Holzzäunen davor, hatten sich nicht verändert. Mir wurde klar, dass ich sie niemals weder mir selbst noch anderen auf Chinesisch beschrieben hatte, und als Englisch meine Sprache geworden war, waren sie alltäglich geworden. Was während des Übergangs von einer Sprache zur anderen passierte, hat sich meinem Gedächtnis nicht eingeprägt.

Besitzen – ein Haus, ein Leben in einer ruhigen Straße, eine Sprache, einen Traum – heißt auch, zuzulassen, dass man besessen wird. In dem Augenblick, in dem die Gegenwart in die Vergangenheit entgleitet, wird das Besitzen ersetzt durch Enteignen. Warum auf das Unvermeidliche warten?

Die Leute fragen mich oft nach meiner Entscheidung, auf Englisch zu schreiben. Das Umschalten von einer Sprache in die andere empfinde ich als natürlich, antworte ich, auch wenn es nicht viel besagt. Genauso wenig kann man eine überzeugende Erklärung dafür abgeben, warum Haare an diesem Tag grau werden und nicht an einem anderen, oder warum manche Vögel nach Süden fliegen, wenn die Temperatur fällt. Doch das sind dumme Analogien, die ich als Ausreden benutze, weil ich nicht zum Kern der Sache vordringen will. Ja, es ist da etwas Unnatürliches, das zu akzeptieren ich mich weigere. Nicht, dass ich in einer zweiten Sprache schreibe – ich kann mich immer auf Nabokov und Conrad und viele meiner Zeitgenossen berufen; auch nicht, dass ich mit dem Schreiben auf einen sicheren Beruf verzichtet habe. Es ist die Absolutheit, mit der ich meine Muttersprache aufgegeben habe – mit einer Entschlossenheit, die eine Art Selbstmord darstellt.

Die Tragödie von Nabokovs Verlust besteht darin, dass sein Pech durch Geschichte zu erklären ist – seine private Geschichte wurde zum Besitz anderer Menschen. Meine Entscheidung, auf Englisch zu schreiben, wurde ebenfalls als Flucht vor der Geschichte meines Landes erklärt. Doch im Gegensatz zu Nabokov, der ein russischer Schriftsteller war, habe ich nie auf Chinesisch geschrieben. Aber man hat keine Kontrolle darüber, wie das eigene Werk aufgenommen wird, und man kann nicht verhindern, dass eine private Entscheidung zu einer Metapher wird, sobald sie durch ein öffentliches Prisma gesehen wird. Einmal wurden ein Dichter aus Osteuropa und ich – wir lebten beide seit Jahren in Amerika und schrieben beide auf Englisch – bei einer Gala gebeten, unsere Texte in unserer Muttersprache vorzulesen. Aber ich schreibe nicht auf Chinesisch, erklärte ich, und die Organisatorin entschuldigte sich für das Missverständnis. Ich bot an, Li Po oder Du Fu oder irgendeinen anderen alten Dichter, den ich in meiner Jugend auswendig gelernt hatte, vorzutragen, doch stattdessen sollte ich die Gedichte eines politischen Gefangenen vorlesen.

Der Wunsch einer Metapher zu transzendieren, schmälert jede menschliche Geschichte; ihr Ehrgeiz zu erhellen, blendet die, die eine Metapher erschaffen. In meinem Misstrauen gegenüber Metaphern fühle ich mich George Elliot verwandt: »Wir alle, ob ernst oder unbekümmert, lassen zu, dass sich unsere Gedanken in Metaphern verwickeln, und handeln verhängnisvoll aufgrund ihrer Kraft.« Ich weiß, dass mein Mann genau das vor Jahren hinterfragte. Doch der Verzicht auf meine Muttersprache ist persönlich, so sehr, dass ich jeglicher Interpretation Widerstand leiste – sei sie politisch oder historisch oder ethnografisch.

***

Chinesische Immigranten meiner Generation in Amerika kritisieren mein Englisch, weil es nicht muttersprachlich genug ist. Ein Landsmann mailte mir und wies mich darauf hin, dass meine Sprache weder überschwänglich noch lyrisch ist, wie es die Sprache einer wahren Schriftstellerin sein sollte. Sie schreiben nur simple Dinge in simplem Englisch, Sie sollten sich schämen, schrieb er wütend. Ein Professor an der Universität riet mir, das Schreiben aufzugeben, da Englisch für immer eine Fremdsprache für mich bleiben würde. Ihre Bedenken hinsichtlich der Aneignung einer Sprache machen mich nicht ungeduldig wie Nabokov, sondern erlauben mir ein heimliches Lachen: Englisch ist für mich eine so zufällige Wahl wie jede andere Sprache. Worauf man zugeht, ist weniger bestimmt als das, von dem man sich abwendet.

Bevor ich China verließ, vernichtete ich die Tagebücher, die ich jahrelang geführt hatte, und die meisten Briefe, die ich bekommen hatte (was zu vernichten ich nicht übers Herz brachte, habe ich verschlossen und seitdem nie wieder geöffnet); die Briefe, die ich geschrieben hatte, hätte ich ebenfalls vernichtet, hätten sie sich in meinem Besitz befunden. Die Beziehung zur Muttersprache ist ähnlich der Beziehung zur Vergangenheit. Es gibt keinen Moment, auf den man deuten und sagen könnte: Das ist der Beginn meiner Vergangenheit, oder: Das ist der Beginn meiner Beziehung zu meiner Muttersprache; bis zu diesem Augenblick war ich frei. Was zuvor gewesen war – die Vergangenheit anderer Menschen, ihre Beziehung zu dieser Sprache – beansprucht ein Recht gegen den eigenen Willen. Selten beginnt eine Geschichte dort, wo wir es möchten, und selten endet sie, wo wir es möchten.

***

Man überschreitet die Grenze, um eine andere Person zu werden. Man beendet ein Manuskript und schaltet die Figuren aus. Man nimmt eine Sprache an. Das sind falsche und erzwungene Konzepte, die eine illusionäre Freiheit vorgeben, so wie die Zeit illusorische Nachsicht übt, wenn wir sie voller Angst monoton verstreichen lassen. *Zeit totschlagen* – eine Redeweise, die mich noch immer schaudern lässt: Zeit kann totgeschlagen werden, aber nur mit albernen Dingen und sinnlosen Aktivitäten. Niemand betrachtet Selbstmord als mutiges Unterfangen, um die Zeit totzuschlagen.

Jeden Freitagabend kam eine Gruppe Schwesternschülerinnen ins Krankenhaus, um Bingo zu spielen. Eine junge Frau fragte mich, ob ich mitmachen wolle. Bingo, sagte ich, ich habe noch nie im Leben Bingo gespielt. Sie überlegte einen Augenblick und sagte dann, dass sie nur im Krankenhaus Bingo spiele. Sie war zum achten Mal im Krankenhaus; sie war eine Zeitlang im Krankenhaus aufgewachsen, und einmal zeigte sie mir durch das Fenster eine kleine eingezäunte

Grünfläche, wo sie und andere Kinder geturnt hatten. Ihr Vater besuchte sie oft am Nachmittag, und ich sah sie dasitzen und ein Spiel spielen, ohne miteinander zu sprechen. Zu diesem Zeitpunkt mussten alle Worte unzureichend sein; Sprache vermag wenig, um einem Geist beim Überleben zu helfen.

Aber Sprache kann einen Geist ertränken. Unsere Gedanken sind sklavisch an Sprache gebunden. Früher habe ich geglaubt, ein Abgrund sei ein Augenblick der Verzweiflung, der sich unendlich lang hinzieht, aber jeder Augenblick, noch der fatalste, endet zwangsläufig. Abgründig ist die eigene erratische Sprache, die einen einschließt wie Treibsand. Was jedoch von anderen gesprochen wird – Wahrheit als Klischee, Klischee als einzige Wahrheit –, ist so unbestreitbar wie der zunehmende Verlust des festen Bodens unter den Füßen. Der Abgrund ist, dass Zeit von der Sprache annulliert wird. Wir können die Zeit totschlagen, aber die Sprache schlägt uns tot.

»Patientin sagte, dass sie sich als Last für ihre Angehörigen empfindet« – viel später, als ich das Protokoll der Notaufnahme las, hatte ich keinerlei Erinnerung mehr an das Gespräch. *Eine Last für die Angehörigen*: Diese Ausdrucksweise muss mir vorgegeben worden sein. Ich würde diesen Ausdruck nie denken oder schreiben. Doch mein Widerstand hat wenig zu tun damit, dass ich eine Plattitüde vermeiden will. Das Wort *Last* bedeutet Gewicht im Leben anderer Menschen; sie Angehörige zu nennen bedeutet, die Fähigkeit zu lieben vorzutäuschen. Man will sich nicht immer einer Selbstbefragung unterziehen, die von einem Klischee aufgedrängt wird.

Als Teenager in Neuseeland schrieb Katherine Mansfield in ihr Tagebuch über einen Nachbarn, der wochenlang auf einem Horn »Swanee River« spielte. »Ich wache auf zu ›Swanee River‹, esse es mit jeder Mahlzeit, die ich zu mir nehme, und gehe schließlich ins Bett mit ›all de world am sad and weary‹ als Schlaflied.« Etwas später – ich las Mansfields Tagebücher und Marianne Moores Briefe ungefähr zur gleichen Zeit – beschrieb Moore in einem Brief eine Spendensammelaktion in Bryn Mawr, sie schilderte Mädchen in Badeanzügen und grünen Nixenanzügen auf einem Floß: »Es war wirklich überaus realistisch dort unten auf dem Swanee River.«

Ich markierte die Einträge, weil sie mich an etwas erinnerten, das ich vergessen hatte. Ich war neun, und meine Schwester war dreizehn. An einem Samstagnachmittag war ich in unserer Wohnung, und sie stand auf dem Balkon. In diesem Jahr war meine Schwester dem Chor der Mittelschule beigetreten, und im herbstlichen Sonnenschein sang sie mit einer Stimme, die langsam das Timbre des Mezzosoprans annahm: »Way down upon the Swanee River. Far, far away. That's where my heart is turning ever. That's where the old folks stay.«

Der Text war ins Chinesische übersetzt. Die Erinnerung sollte eigentlich auch auf Chinesisch sein. Aber ich kann unseren winzigen Garten mit dem Weinstock nicht sehen, den mein Vater gepflanzt hatte und meine zornige Mutter später herausriss, oder den Bambuszaun mit der Ackerwinde oder den Müll, der die Hälfte des Balkons einnahm, jahrelang gesammelt und angehäuft von unserem Vater, wenn ich mir diese Dinge nicht auf Englisch vorsage. Ich kann meine Schwester nicht sehen, aber ich kann hören, wie sie das Lied auf Englisch singt.

Im Lauf der Jahre hat mein Gehirn Chinesisch verbannt. Ich träume auf Englisch. Ich spreche mit mir selbst auf Englisch. Und meine Erinnerungen – nicht nur Erinnerungen an Amerika, sondern auch an China; nicht nur die, die ich behalten will, sondern auch die, die ich mit dem Wunsch, sie zu vergessen, archiviert habe – sind in Englisch. Meine Muttersprache aufzugeben, empfand und empfinde ich als äußerst wichtige Entscheidung.

Würden Sie jemals in Betracht ziehen, auf Chinesisch zu schreiben?, fragte mich ein chinesischer Lektor wie viele andere vor ihm. Ich bezweifle es, erwiderte ich. Aber wollen Sie nicht Teil der zeitgenössischen chinesischen Literatur sein?, fragte er. Ich habe es abgelehnt, meine Bücher ins Chinesische übersetzen zu lassen, was viele als überheblich ansehen. Hin und wieder sagt meine Mutter, dass ich ihr in meinem Egoismus das Vergnügen nicht gönne, meine Bücher zu lesen. Aber Chinesisch war nie meine persönliche Sprache. Und wird es nie sein.

Dass ich auf Englisch schreibe – macht mich das zu einem Teil von etwas anderem? Das Urteil meines Professors lautete, dass ich in einer Sprache schreibe, die nicht zu mir gehört, und ich deshalb nicht dazugehören würde und sollte. Aber sein Einwand war irrelevant. Ich benutze Sprache nicht, um Teil von etwas zu sein.

Wenn wir eine Welt betreten – ein neues Land, eine neue Schule, eine Party, ein Familien- oder Klassentreffen, ein Armeelager, ein Krankenhaus –, sprechen wir die Sprache, die dort gesprochen wird. Die Klugheit, sich anzupassen, ist die Klugheit, über zwei Sprachen zu verfügen: die Sprache, die andere sprechen, und die Sprache, die man mit sich selbst spricht. Man meistert die öffentliche Sprache, wie man eine neue Sprache lernt: Man beurteilt die Situation, konstruiert Sätze mit den richtigen Worten und der korrekten Syntax, vermeidet möglichst Fehler oder entschuldigt sich und lernt nach einem Fehler seine Lektion. Fließende Beherrschung der öffentlichen Sprache wird wie die fließende Beherrschung einer Fremdsprache durch ausreichend Übung erreicht.

Vielleicht ist die Grenze zwischen den beiden Sprachen – der öffentlichen und der persönlichen – fließend und sollte es auch sein; für mich ist es nicht so. Wenn ich schreibe, vergesse ich oft, dass auch andere diese Sprache sprechen. Englisch ist meine persönliche Sprache. Jedes Wort muss wohl überlegt sein, bevor es mein Wort wird. Ich zweifle nicht daran – ist es eine Illusion? –, dass das Gespräch, das ich mit mir selbst führe, wie linguistisch fehlerhaft auch immer, das Gespräch ist, das ich mir immer gewünscht habe, auf genau die Weise, wie ich es mir wünsche.

In meiner Beziehung zu Englisch, in dieser Beziehung mit der intrinsischen Distanz, die die Leute veranlasst, mich schief anzuschauen, fühle ich mich unsichtbar, aber nicht entfremdet. Ich glaube, es ist die Position, die ich im Leben immer haben will. Doch mit jedem Streben geht die Gefahr einher, die Linie zwischen Unsichtbarkeit und Auslöschung zu überschreiten.

Es gab eine Zeit, da konnte ich sehr gut auf Chinesisch schreiben. Meine Schulaufsätze waren beispielhaft; in der Armee ließ mich unsere Gruppenführerin wählen, ob ich eine Rede für sie entwerfen oder lieber die Toiletten oder Schweineställe putzen wollte – ich entschied mich immer fürs Schreiben. In der Oberschule machten ein paar Klassenkameradinnen und ich bei einem Redewettbewerb mit. Die Gewinnerin sollte die Klasse bei einer patriotischen Veranstaltung vertreten. Als ich auf der Bühne stand, sorgte ich aus Boshaftigkeit dafür, dass viele Zuhörerinnen zu Tränen gerührt waren von den poetischen Lügen, die ich erfunden hatte; ich rührte auch mich selbst zu Tränen. Mir ging durch den Sinn, dass ich eine erfolgreiche Propagandaschreiberin werden könnte. Ich war verwirrt. Ein junger Mensch will sich selbst und der Welt gegenüber aufrichtig sein. Aber damals kam ich nicht auf die Idee zu fragen: Kann sich die Intelligenz ausschließlich auf die öffentliche Sprache verlassen, kann man mit der öffentlichen Sprache einen präzisen Gedanken fassen, sich an etwas genau erinnern oder auch nur ein ungeheucheltes Gefühl empfinden?

Meine Mutter, die gern singt, singt oft Lieder aus ihrer Kindheit und Jugend, viele davon Propagandalieder aus den 1950er und 60er Jahren, doch es gibt ein Lied, von dem sie ihr ganzes Leben lang erzählt, weil sie es nicht singen kann. Sie lernte das Lied im Kindergarten in dem Jahr, als der Kommunismus in ihrer Heimatstadt Einzug hielt; sie kann sich nur an die erste Zeile erinnern.

Im Krankenhaus war eine alte Frau, die mit einem Paar glänzender roter Schuhe im Flur saß. »Ich fühle mich wie Dorothy«, sagte sie, als sie mir die Schuhe zeigte, die sie aus den Spenden für die Patienten ausgewählt hatte. An manchen Tagen war sie klar im Kopf und sprach über die roten Schuhe, die ihre Füße drückten, oder über die Medikamente, die ihr Gehirn betäubten und ihrem Körper Schmerzen verursachten. An anderen Tagen sprach sie zu der Luft, es war eine endlose Unterhaltung mit Unsichtbaren: Menschen, die sie verlassen hatten, indem sie fortgegangen oder gestorben waren, kehrten zurück und brachten sie zum Weinen.

Ich saß oft neben dieser einsamen Dorothy. Hörte ich ihr heimlich zu? Vielleicht, aber es war kein Übergriff. Dass man einen Punkt erreichen kann, an dem die Grenze zwischen öffentlicher und persönlicher Sprache ihre Bedeutung verliert, ist erschreckend. Vieles von dem, was man tut – Leiden vermeiden, nach Glück streben, gesund bleiben –, tut man, um einen sicheren Raum für die persönliche Sprache zu bewahren. Die automatische Teilhabe am Leben kann diesen Raum jedoch in ein abgesichertes Grab verwandeln. Hat man diesen

Raum verloren, bleibt nur noch eine Sprache übrig. Bevor sie in die Irrenanstalt gebracht wurde, sprach meine Großmutter laut meiner Mutter und ihren Geschwistern zu nicht anwesenden Menschen. Man kann so viel aufgeben: Hoffnung, Freiheit, Würde. Die persönliche Sprache hält Einsperrung stand: Nur der Tod kann sie einem nehmen.

Mansfield sprach von ihrer Gewohnheit, ein Tagebuch zu führen, als »geschwätzig sein … Ich muss sagen, dass mir nichts größere Erleichterung bringt.« Ihre Tagebücher zu lesen, ist ein Dilemma. Mehrmals spricht sie den Leser – die Nachwelt – auf spöttische Weise direkt an. Ich würde ihr gern misstrauen. Aber es wäre unaufrichtig, wenn ich nicht eingestehen würde, dass es ein Trost ist, das Buch zu lesen. Da mir die präzise Sprache für die Trostlosigkeit fehlte, die ich empfand, verschlang ich es wie ein durstlöschendes Gift. Ist es möglich, von den Worten einer anderen Person als Geisel genommen zu werden? Was ich unterstrichen und mehrmals gelesen habe: Sind es ihre Gedanken oder meine?

> Es gibt nichts zu tun außer ARBEITEN, aber wie kann ich arbeiten, wenn sich wegen dieser schrecklichen Schwäche sogar der Stift anfühlt wie ein Gehstock.
>
> Dieser ewige Wunsch, Kontakt herzustellen, hat etwas Tiefes & Schreckliches.
>
> Es ist erstaunlich, wie heftig ein dicker Ast wackelt, wenn ein alberner kleiner Vogel auffliegt. Ich vermute, der Vogel weiß es und fühlt sich unglaublich überheblich.
>
> Man will sich eines anderen nur sicher fühlen. Das ist alles.

Ich kenne meine Fehler besser, als jeder andere sie kennen kann. Ich weiß genau, wo ich versage.

Haben Menschen, abgesehen von diesen weit entfernten Gestalten, jemals für mich existiert? Oder haben sie mich immer enttäuscht und sind verblasst, weil ich ihnen jegliche Realität verweigert habe? Angenommen, ich sollte sterben, während ich an diesem Tisch sitze und mit meinem indischen Papiermesser spiele – was würde sich verändern? Überhaupt nichts. Warum bringe ich mich dann nicht um?

Wenn man in einer angenommenen Sprache denkt, arrangiert man immer wieder Wörter, die neutral, ja indifferent sind, um auf einen Gedanken zu stoßen, von dem man nicht wusste, dass er da ist.

Wenn man sich in einer angenommenen Sprache erinnert, geht eine Trennlinie durch diese Erinnerung. Was davor war, könnte das Leben von jemand anderem sein; es könnte Literatur sein. Manchmal glaube ich, dass es diese Distanzierung ist, die mich kaltherzig und egoistisch wirken lässt. Die Vergangenheit zu vergessen, ist Verrat, wurde uns in der Schule beigebracht, die Erinnerungen zu verleugnen, ist Sünde.

In welcher Sprache fühlt man, oder braucht man eine Sprache, um zu fühlen?Im Krankenhaus besuchte ich einen Kurs für Medizinstudenten, die Geist und Gehirn studierten. Nach einem Gespräch fragte der Arzt, der den Kurs leitete, nach Gefühlen. Ich sagte, dass ich nicht in der Lage wäre zu beschreiben, was womöglich nicht zu beschreiben ist.

Wenn Sie Ihre Gedanken artikulieren können, warum dann nicht auch Ihre Gefühle?, fragte der Arzt.

Ich brauchte ein Jahr, um die Antwort darauf zu finden. Es

ist schwer, in einer angenommenen Sprache zu fühlen, doch es ist mir unmöglich, in meiner Muttersprache zu fühlen.

Ich frage mich oft, ob Schreiben vergeblich ist; so wie das Lesen, so wie das Leben. Einsamkeit ist die Unfähigkeit, mit jemand anderem in der persönlichen Sprache zu sprechen. Diese Leere wird mit öffentlicher Sprache oder romantisierten Verbindungen gefüllt. Doch man muss vorsichtig sein, wenn man eine Bedeutung unterstellt. Ein Augenblick des Erkennens zwischen zwei Personen beleuchtet nur die Unzulänglichkeit der Sprache: Was ausgesprochen werden kann, hält nicht stand; was nicht ausgesprochen werden kann, unterminiert.

Nach dem Traum von dem öffentlichen Telefon fiel mir eine Begebenheit in der Armee ein. Es war Silvester, und uns war befohlen worden, die offiziellen Feierlichkeiten im Fernsehen anzuschauen. Nach der Hälfte der Sendung kam ein diensthabendes Mädchen herein und sagte, es warte ein Ferngespräch auf mich.

Es war das gleiche schwarze Telefon mit Wählscheibe wie in unserem Wohnblock, und meine Schwester war am Apparat. Es war das erste Ferngespräch meines Lebens. Das zweite sollte vier Jahre später folgen, als mich eine amerikanische Professorin anrief, um ein Vorstellungsgespräch mit mir zu führen. Ich erinnere mich noch an die Frau, die aus dem Mount-Sinai-Krankenhaus in New York anrief und mir Fragen zu meinen Interessen in der Immunologie stellte, von ihren Forschungsprojekten und ihrem Leben in Amerika erzählte. Mein Englisch war gut genug, um die Hälfte dessen, was sie sagte, zu verstehen, und die kratzenden Geräusche im Hintergrund trieben mir den Schweiß auf die Stirn wegen der verpassten Hälfte.

Aber worüber sprachen meine Schwester und ich an jenem Silvesterabend? Indem ich meine Muttersprache aufgab, habe ich mich aus dieser Sprache gelöscht. Ich werde oft gefragt, ob Englisch mir die Freiheit gibt, mich auszudrücken – oder es wird mir gesagt, dass dem so sei. Als könnte man ein neuer Mensch werden, wenn man eine neue Sprache spricht. Aber Auslöschen hört nicht mit einer neuen Sprache auf, und das ist mein Schmerz und mein Egoismus. Nur weil ich eine angenommene Sprache spreche und schreibe, habe ich nicht aufgehört, auszulöschen. Ich lösche nicht nur mich selbst aus, sondern auch andere. Ich bin nicht das einzige Opfer in diesem Krieg, den ich gegen mich selbst führe.

In einer idealen Welt hätte ich gern, dass mein Geist nur denkt. Ich fürchte den Augenblick, wenn ein Gedanke verblasst und Gefühle einsetzen, wenn man der ewigen Herausforderung gegenübersteht, sich der Leere zu entziehen, für die es keine Worte gibt. Sprechen, wenn man nicht sprechen kann, ist eine Unbesonnenheit. Ich habe gesprochen, indem ich geschrieben habe – dieses Buch und jedes andere Buch, für mich und gegen mich. Trost liegt in der Sprache, für die ich mich entschieden habe. Schmerzhaft ist es, überhaupt gesprochen zu haben.

Entweder / Oder: ein Chor Vermischtes

In gewissem Sinne ist ja alles, was ein Dichter produziert hat, sein Nachlass.

Kierkegaard, *Entweder – Oder*

Einmal folgte mir jemand nach einer Lesung über den Parkplatz und bestand darauf, dass ich keine Schriftstellerin, sondern eine Stand-up-Komikerin sein sollte. Einmal sagte ein Journalist zu mir, dass ich »gute Manieren« habe, wenn man bedenke, wie düster manche meiner Figuren seien. Einmal sagte eine Frau zu einer Freundin, sie habe mich für »eine kleine höfliche Immigrantin« gehalten und sei überrascht gewesen, als ich mich bei einer Veranstaltung als »kratzbürstig« erwiesen habe. Zu oft fragen mich die Leute, warum ich über Melancholie und Einsamkeit und Verzweiflung schreibe, obwohl ich doch wie eine glückliche Person wirke.

Glück und Trübsinn sind nicht Orion und Skorpion, unfähig, die gleiche Stelle an meinem emotionalen Himmel einzunehmen. Düsternis hat nichts mit guten Manieren zu tun, Kratzbürstigkeit nichts mit Höflichkeit. Ich habe nie beschlossen, über Melancholie und Einsamkeit und Verzweiflung zu schreiben. Ich halte mich zurück und dränge mich dem Schicksal meiner fiktiven Figuren nicht auf; unter ihnen bin ich so zurückhaltend wie im Leben. Das posthume Ansehen eines Werks, wahrhaftig oder irreführend, ist eine von anderen oktroyierte Lobrede.

Wer ist der Leser, über den wir reden und dem wir grollen, bevor wir ihn kennen?

Ein Student im Iowa Writers' Workshop

Autor und Leser sollten sich nie kennenlernen. Sie leben in unterschiedlichen Zeitrahmen. Wenn ein Buch für einen Leser zu leben beginnt, ist es für den Autor bereits ein totes Objekt.

Es ist für den Autor oder den Leser unsinnig, die Grenze zu überschreiten, aber beide Seiten missachten die Grenze, die die Figuren ziehen: Wenn ein Schriftsteller auf seiner Präsenz beharrt (zwischen den Zeilen), um vorzuschreiben, wie sein Werk gelesen werden soll; oder wenn ein Leser ohne echte Neugier auf die Figuren liest, sondern mit dem Ziel, sich ein Urteil über den Autor zu bilden.

Ich habe Ihren Artikel sehr aufmerksam gelesen. Es ist sehr schwer für einen Autor, die kritische Analyse seines Werks gerecht zu beurteilen – ich muss zugeben, dass ich zum Beispiel das Lob immer zu groß und den Tadel immer zu schwach finde. Ich schreibe diesen Eindruck nicht Befangenheit oder Bescheidenheit zu: Er ist vielleicht eine der vielen Verkleidungen, in denen sich Selbstliebe gefällt.

Turgenjew an Henry James zu dessen Kritik an Turgenjews Werk

Diderot hat irgendwo gesagt: »Avant sa mort l'homme suit plusieurs fois son propre convoy.« [Der Mensch folgt mehrmals seinem eigenen Trauerzug, bevor er stirbt.] Und jetzt musste ich hinter meinem eigenen literarischen Sarg hergehen.

Turgenjew an seinen Bruder über die Angriffe seiner Zeitgenossen auf *Neuland*

Ein erfolgreicher Schriftsteller, der sehr zurückgezogen lebt, erzählte mir einmal, dass er ein Jahrzehnt lang nur für sich geschrieben und sich vorgestellt habe, das Werk seines Lebens in einer Schublade zu sammeln. Nach seinem Tod würden die Leute sein Genie entdecken, aber er wäre nicht mehr da, um die Verantwortung für sein Werk zu übernehmen.

Vielleicht rechtfertigt nur absolute Selbstliebe diesen Glauben. Die meisten von uns wollen nicht so extrem sein. Ohne Leben gäbe es keinen Tod – ist es Tapferkeit oder Feigheit, dass wir uns mit diesem Gedanken trösten, wenn wir hinter unserem literarischen Sarg hergehen?

Autorin chinesischer Herkunft gewinnt großen Preis in Großbritannien; ihr wird vorgeworfen, China an den voreingenommenen Westen verkauft zu haben.

Nachrichtenmeldung, April 2015

Es war der erste richtige Frühlingstag nach einem langen Winter im Mittleren Westen. Ich las sowohl westliche als auch chinesische Nachrichtenportale in einer sonnigen Hotellobby in Chicago. In diese Stadt zurückzukehren war, wie in die eigene Jugend zurückzukehren. Nach meiner Ankunft in Amerika war ich hier bei einer Immunologen-Konferenz gewesen. Es war die Woche vor Thanksgiving gewesen, und ich stand an der Michigan Avenue, sah den Zuschauern der Parade zu und staunte, dass Amerikaner freiwillig und so unverhohlen glücklich an diesen Festlichkeiten teilnahmen. Ich war bei Feiern und Paraden auf dem Tiananmen-Platz gewesen, aber die Teilnahme war politisch angeordnet worden. Doch manche Erinnerungen bringen das Gefühl des Verlusts mancher Dinge in Peking mit sich. Die riesengroßen – zwei Stockwerke hohen – Porträts entlang des Chang'an Boulevards zum

Beispiel: Marx, Engels, Lenin und Stalin, die ersten vier ausländischen Namen und Gesichter, die sich Kinder meiner Generation einprägen mussten. Nostalgie richtet sich nicht immer nach der aktuellen Politik.

Ich dachte, dass ich dieses Gefühl in meinem Tagebuch notieren sollte, als ich auf den Link zu dem Artikel über die chinesische Autorin klickte und mit meinem eigenen Namen und Gesicht konfrontiert wurde.

Die Unvermeidlichkeit eines geschlossenen Kreises: Man schreibt, um der allwissenden Stimme zu entkommen, die einen definiert, nur um wieder zu derselben allwissenden Stimme zurückzukehren, die sich die Freiheit nimmt, auch noch das eigene Werk zu definieren.

> *Den größten Druck auf einen Schriftsteller übt die Gesellschaft in der Gesellschaft aus: seine politische oder konfessionelle Gruppe, vielleicht sogar seine Universität oder sein Arbeitgeber. Mir scheint, dass er ein Privileg für sich beanspruchen kann, vielleicht gemeinsam mit seinen Mitmenschen, aber mit größerer Gewissheit, das der Illoyalität … Illoyalität ist unser Privileg. Aber es ist ein Privileg, das die Gesellschaft nie anerkennen wird. Umso mehr Grund für uns, die wir ungestraft illoyal sein können, dieses Ideal am Leben zu erhalten.*
>
> Graham Greene an Elizabeth Bowen

Ich bin daran gewöhnt, von manchen Chinesen – sowohl im Westen als auch in China – als kulturelle Verräterin betrachtet zu werden. Warum schreibt sie nicht auf Chinesisch?, fragen die Leute. Wenn sie nicht auf Chinesisch schreibt, welches Recht hat sie dann, über unser Land zu schreiben?

Die kollektiven Gefühle einer Gruppe sind oft brüchiger

als die Gefühle eines Individuums. Ich habe kein schlechtes Gewissen, wenn mich eine Gruppe aus verletzten Gefühlen einer Sünde anklagt. Solange Schreiben aus persönlicher Freiheit geschieht, wird es immer illoyal sein.

Das Individuum kämpft nicht gegen äußere Feinde; es kämpft mit sich selbst und seiner Liebe, aus eigenem Antrieb.
Kierkegaard, *Entweder – Oder*

Kurz bevor ich Chicago wieder verließ, rief meine Mutter an und berichtete mir von den negativen Meldungen in China, von denen ihr meine Schwester erzählt hatte. Da ging mir durch den Sinn, dass auch mein Mann sie gesehen haben musste, der dieselben chinesischen Nachrichtportale liest. Zu wissen, dass meine Familie Zeuge ist, wie mein Name geschmäht wird: Welches sind meine Verpflichtungen ihr gegenüber?

Schreiben ist eine verwirrende Angelegenheit. Die innere Uhr, die ausschließlich nach einer persönlichen Zeitmessung tickt, ist nur an das gebunden, was man schreibt. Das Leben wird in einer anderen Zeitzone gelebt. Und dazwischen steckt die eigene Familie. Schützt man sie vor der inneren Uhr, riskiert man, sie zu entfremden; schließt man sie ein, riskiert man, sie als Eindringling zu betrachten.

Ich könnte dir so viele Geschichten erzählen. Ich finde, du solltest ein Buch darüber schreiben, aber du interessierst dich nicht dafür.
Meine Mutter am Telefon

Ich glaube nicht, dass sie das möchte.
Mein Vater am Telefon

Vor Jahren, als ich eine Sammlung Aufsätze als Doktorarbeit vor einem Komitee verteidigte, fragte mich ein Schriftsteller nach der Abwesenheit meiner Mutter in den Essays. Eine Mutter ist nicht immer wichtig für eine Geschichte, sagte ich, vielleicht ist meine Mutter nur eine langweilige Figur. Wenn es so ist, sagte er, würden wir gern mehr darüber erfahren. Dass sie eine langweilige Figur ist?, fragte ich. Nein, dass Sie glauben, sie wäre eine.

Nicht schreiben kann wie schreiben auch illoyal sein. Ist es schlimmer, sich von den Geschichten der eigenen Mutter abzuwenden als vom eigenen Land und der Muttersprache?

> *Was ich interessant finde, ist das Bedürfnis von Schriftstellern, sich auszudrücken. Nicht alle Leute wollen das.*
>
> Mein Mann

Schreibe ich wirklich, um mir selbst Ausdruck zu verschaffen? Nicht, wenn ich daran denke, was in mir ist, das ausgedrückt werden will: nicht viel Neues. Das unermüdliche Bedürfnis zu schreiben muss etwas mit dem zu tun haben, was nicht ausgedrückt werden kann.

Geschichten, die ich nur schwer erzählen kann: Nach einem Jahr an der Universität brach meine Mutter das Studium ab und zog nach Peking, um bei ihrer Mutter zu sein, die innerhalb eines Jahres sterben sollte. Da sie sich nicht an die Wohn- und Ausbildungsvorschriften gehalten hatte, bekam meine Mutter keine Lebensmittelkarten, und meine Großmutter hungerte bis zu ihrem Tod für meine Mutter.

Geschichten, die zu erzählen ich mich weigere: Das Entweder / Oder meiner Mutter. Wollt ihr eine verrückte Mutter, fragte sie uns ständig, oder eine tote Mutter? Die Annahme, dass sich niemand eine tote Mutter wünscht, entschuldigt jedes Verhalten.

Geschichten, die ich vergessen möchte: Mein Mann sagte, dass ich jedes Mal, wenn ich ihn aus dem Krankenhaus anrief, als Erstes nach meiner Mutter fragte. Du hast Kinder, sagte er, und sie gehört nicht dazu.

> *Etwas Wunderbares ist mir begegnet. Ich wurde entzückt bis in den siebenten Himmel. Hier saßen versammelt alle Götter. Aus besonderer Gnade wurde mir die Gunst gewährt, einen Wunsch zu äußern. »Willst du«, sagte Merkur, »willst du Jugend haben, oder Schönheit, oder Macht, oder ein langes Leben, oder die schönste Jungfrau, oder eine andre von den vielen Herrlichkeiten, die wir hier in der Kramkiste haben: So wähle, aber nur eine.« Eine Zeitlang war ich um Antwort verlegen; darauf wandte ich mich an die Götter mit diesen Worten: »Höchstgeehrte Mitlebende, ich wähle eines, dass ich nämlich immer die Lacher auf meiner Seite haben möge.« Kein einziger der Götter erwiderte ein Wort, dagegen brachen sie alle in Gelächter aus. Hieraus schloss ich, dass mein Wunsch erfüllt sei, und fand, dass die Götter sich mit Geschmack auszudrücken wüssten: denn das wäre doch unpassend gewesen, in ernsthaftem Tone zu antworten: »Es ist dir bewilligt!«*
>
> Kierkegaard, *Entweder – Oder*

Am selben Tag, als mir meine Mutter Nachrichten aus China berichtete, schickte mir ein Mitschüler aus der Oberschule eine E-Mail mit anonymen Kommentaren mehrerer früherer Mitschüler. Ich war seit Jahren nicht mehr in Kontakt mit ihnen und erschrak über die Boshaftigkeit ihrer Bemerkungen: Hohn für eine Person, die sie nicht mehr kannten, gepaart mit

Spott über den Teenager, der ich einst war. Der Mann, der die E-Mail schickte, hatte mich einmal gebeten, ihn zu küssen. Warum?, hatte ich gefragt. Ich war achtzehn und hatte keinerlei Absicht, es zu tun. Ich habe vergessen, was er als Grund nannte und wie ich ablehnte, aber die Vergangenheit, die vergangen ist, kommt immer wieder zurück und stellt Forderungen, die zu stellen sie kein Recht hat. Schlimmer als Menschen, die sich weigern, in eine Geschichte einzutreten, sind die, die darauf beharren, einen Platz darin zu haben.

> *Verglichen mit dem Inneren wird das Äußere bedeutungslos und folgenlos … Die Pointe bei dem reflektierten Leide bleibt, dass dieses beständig seinen Gegenstand sucht; dieses Suchen ist seine Unruhe, ja sein Leben.*
>
> Kierkegaard, *Entweder – Oder*

Das einzige Mal, als ich während dieser Zeit wirklich und hemmungslos lachte, war an einem Tag, als ich auf der Couch der Station saß und wenig Hoffnung im Leben sah. Eine andere Patientin nahm mir *Krieg und Frieden* aus den Händen und tadelte mich mit nicht jugendfreien Ausdrücken dafür, dass ich mein Gehirn mit diesem Unsinn vollstopfte. Ihr Groll auf Tolstoi war so persönlich, dass ich nicht aufhören konnte zu lachen.

Habe ich dich zum Lachen gebracht?, sagte sie. Dann hob sie den dicken Band hoch. Hat dich dieses beschissene Buch je zum Lachen gebracht? Nein! Es ist so verdammt schwer, dass es mich erschlagen könnte.

Was soll ich denn machen, sagte ich, ich kann mich nicht ändern.

Lach mehr, sagte sie.

Lachen benötigt ein Objekt, wollte ich sagen, es ist kein Argument, sondern ein Urteil. Ich würde lieber argumentieren als urteilen. Diese Gedanken, die in meinem Kopf kreisten, ließen mich über mich selbst lachen.

Wenn jemand sagt, dass ich zu glücklich wirke für mein Werk oder mein Werk zu düster für meine Erscheinung wirkt, reagiere ich schlagfertig und sage: Oh, da ist dieser wunderbar traurige Kierkegaard. Ein Jahr lang, als ich mich nicht aus meiner Verzweiflung holen konnte, las ich ihn obsessiv. Er hat mich mehr als jeder andere Autor zum Lachen gebracht.

> *Jene Geschichten pflegen doch eine mäßige Länge zu haben, während eine kurze Geschichte zuweilen die rätselhafte Eigenschaft besitzt, dass sie, aller ihrer Kürze ungeachtet, länger währt, als die weitläufigste Tagesgeschichte oder Novelle.*
>
> Kierkegaard, *Entweder – Oder*

Mein zwölfjähriger Sohn las in einem Sommer dreimal *Die Elenden*, von vorn bis hinten. Ich versuchte vergeblich, ihn davon zu überzeugen, dass es nicht der einzige großartige Roman ist und Victor Hugo nicht der einzige große Schriftsteller (nicht einmal der einzige große französische Schriftsteller, sagte ich zu ihm). Ein junger Mensch, der ernsthaft zu lesen beginnt, neigt dazu – nahezu verliebt –, mit nur einem Buch zu leben. Die Welt, die dieses Buch bietet, ist groß genug, um alle anderen Welten aufzunehmen, oder exklusiv genug, um alle anderen Welten auszuschließen. Manchmal wird das Buch von einem anderen ersetzt, die eine Welt macht Platz für eine andere; die Verzauberung – oder die Verstrickung – ist eine Erfahrung, die man bisweilen nur einmal im Leben macht.

Einsamkeit ist vornehm, aber verhängnisvoll für einen Künstler, der nicht die Kraft hat, daraus auszubrechen. Ein Künstler muss das Leben seiner eigenen Zeit leben, auch wenn es lärmend und unrein ist: Er muss auf ewig geben und empfangen und geben und geben und wieder empfangen.

Romain Rolland, *Johann Christof*

Vor ein paar Jahren fand ich in einem Antiquariat eine englische Übersetzung von *Johann Christof*. Der Roman wurde 1910 erstveröffentlicht. In der Modern-Library-Ausgabe von 1938, die ich fand, folgte auf den Autorennamen nur das Geburtsjahr: Romain Rolland (1866–). Der frühere Besitzer des Buchs hatte seinen Namen – Edward G – und das Datum – 30. Oktober 1943 – auf das Titelblatt geschrieben. Rolland lebte noch, als G das Buch kaufte: Er war ein Zeitgenosse. Ansonsten hatte er im Text nichts unterstrichen oder an den Rand geschrieben.

Zwischen sechzehn und achtzehn las ich die chinesische Übersetzung von *Johann Christof* mehrmals. Als ich in Amerika ankam mit einer französischen Grammatik und einem Wörterbuch und ohne Vorkenntnisse in Französisch, begann ich, das französische Original parallel zur englischen Übersetzung zu lesen. Beide Bücher stammten aus der Universitätsbibliothek, wo sie seit Jahrzehnten gestanden hatten, ohne ausgeliehen worden zu sein. Ich hielt es für eine gute Möglichkeit, mein Englisch zu verbessern und Französisch zu lernen mit einem Roman, den ich halb auswendig kannte. Mein ehrgeiziges Unterfangen schaffte es nicht bis zum zweiten Band, als ich die Bücher zurückgeben musste.

Rolland, Romancier, Theaterautor, Musikkritiker, Biograf und Nobelpreisträger, ist in Amerika seit langem vergessen, zum Teil vermutlich, weil er Kommunist war (abgesehen davon, dass er Franzose war!).

Wenn man jung ist, liest man ohne Kontext – oder der Kontext ist vielmehr ein Vorwand. Eine Liebesgeschichte ist die Vorbereitung auf die Liebe, eine traurige Geschichte ebnet den Weg zur Traurigkeit, ein Epos vermittelt eine Erfahrung der Ehre und des Ruhms. Vielleicht ist es mit dem Leben auch so. Älter und klüger zu werden heißt, den eigenen Kontext zu verstehen und Frieden damit zu schließen, statt von einem Vorwand zum nächsten überzugehen. Letzteres ist eine mir vertraute Erfahrung: Jahrelang habe ich geglaubt, dass die Bücher, die ich las, alle meine Fragen beantworten würden. Bücher führen jedoch nur zu weiteren Büchern.

Jetzt erstaunt es mich, dass *Johann Christof,* ein Roman über einen Mann, der politisch ist und aktiv am Leben teilnimmt, einst der Roman gewesen ist, der für mich die ganze Welt enthielt. Würde ich heute Rollands Worten überhaupt noch glauben? Vielleicht bin ich endlich an dem Punkt angelangt, an dem mir klar ist, dass die Antworten, nach denen ich suche, in keinem Buch stehen.

> *Ich sagte, dass meine eigene Figur eine Form wie einen Schatten vor mir ausschneidet. Das hat sie verstanden (ich nenne es als Beispiel für ihr Verständnis) & es damit bewiesen, als sie sagte, sie hielte es für schlecht: Man solle mit den Dingen verschmelzen.*
>
> Virginia Woolf in ihrem Tagebuch über ihre letzte Begegnung mit Katherine Mansfield

Woolf und Mansfield verband eine intensive und schwierige Freundschaft, wie sie häufig zwischen Rivalen auftritt, die sich verstehen.

Vielleicht hätte niemand über Woolfs Schreiben etwas Besseres sagen können als sie selbst in ihrem Tagebucheintrag über die letzte Begegnung mit Mansfield. Eine schattenhafte Form, ausgeschnitten und vor die eigenen Augen gestellt, ist keine Figur, sondern ein Phantom. »Mit den Dingen verschmelzen« – in diesem Ausdruck steckt ein Echo von Tschechow. Nach Mansfields Tod kritisierte Woolf, dass Mansfield »Gedanken oder Gefühle oder Subtilität nicht in irgendeiner Form in ihre Figuren stecken kann, ohne sofort hart zu werden, wo sie ernst ist, und sentimental, wo sie mitfühlend ist«.

> *Sie [Katherine Mansfield] hat viel darüber gesagt, etwas tief zu empfinden: auch darüber, rein zu sein, was ich nicht kritisieren werde, obwohl ich es sehr gut könnte. Aber was empfinde ich für mein Schreiben? – das heißt für dieses Buch, Die Stunden, wenn das sein Titel ist? Man muss aus tiefen Gefühlen heraus schreiben, sagt Dostojewski. Tue ich das? Oder lüge ich mit Worten, weil ich sie so sehr liebe? Nein, ich glaube nicht. In diesem Buch habe ich fast zu viele Ideen. Ich will Leben & Tod geben, Vernunft & Wahnsinn; ich will das soziale System kritisieren & es bei der Arbeit zeigen, wenn es am intensivsten ist. Aber hier schauspielere ich vielleicht nur … Schreibe ich* Die Stunden *aus tiefen Gefühlen? Der wahnsinnige Teil nimmt mich natürlich mit, lässt meinen Geist so heftig blinzeln, dass ich mir kaum vorstellen kann, die nächsten Wochen damit zu verbringen … Aber es stimmt schon, dass ich kein Talent für die »Wirklichkeit« habe. Ich verunwirkliche, in gewissem Ausmaß vorsätzlich, da ich der Wirklichkeit misstraue – ihrer Wohlfeilheit. Aber um weiterzukommen. Habe ich die Kraft, die wahre Wirklichkeit zu vermitteln?*

Oder schreibe ich Essays über mich selbst? Wie immer ich die Fragen beantworte, im unhöflichen Sinn & und doch bleibt diese Aufregung.

Virginia Woolfs Tagebucheintrag nach Mansfields Tod – er wird oft zitiert, da es um das Buch *Die Stunden* geht, das später in *Mrs. Dalloway* umbenannt wurde.

Man könnte Woolfs Kommentare zu Mansfield in ihren Briefen und Tagebüchern immer weiter zitieren: Es gibt viele davon, manche scharfsinnig und mitfühlend, andere unfair und sogar kleingeistig. Doch in den Tagebüchern von Mansfield taucht Woolf nur zweimal auf. Im Juli 1920 die schlichte Notiz: »Virginia Mittw. Nachmittag.« Wenn man in Woolfs Tagebuch unter diesem Datum nachschlägt, ist ein Mittagessen eingetragen, bei dem die beiden unterschiedliche Meinungen zu Joseph Conrads jüngstem Buch, *Die Rettung,* vertraten. »Ich behaupte nach wie vor, dass ich die wahre Seherin bin, die einzige unabhängige Stimme in einem Chor gehorsamer Schafe, die einstimmig loben«, schrieb Woolf. (Man fragt sich unwillkürlich, ob ihr die eigene Zukunft in Conrads Position gefiele.)

Als Woolf zum zweiten Mal in Mansfields Tagebuch auftaucht, wird sie nicht namentlich genannt, sondern sie wird nur erwähnt als ein Teil »dieses Schriftstellerpaars auf Korbstühlen«. Und natürlich kann niemand sagen, dass das Paar die Woolfs sind. Die Beschreibungen – ein Charakterporträt aus leidenschaftsloser Beobachtung, was Mansfields Stärke war – erinnern an die Woolfs. Ein Satz, vermutlich ein Kompliment an Woolf, sticht heraus: »Sie war eine dieser Frauen – eine dieser Frauen, die trotz allem immer noch existieren.«

Was meinte Mansfield damit? Egal, es nimmt der merkwürdigen Befriedigung des Zuschauers nichts: Diese zwei außergewöhnlichen Frauen erfuhren nie, was sie in ihren persönlichen Papieren übereinander schrieben (oder nicht schrieben). Das Nicht-Wissen verwandelt sie in Figuren. Den Kontext des Lebens anderer Menschen sehen, der ihnen selbst verborgen ist: Der Leser gewinnt am Ende immer; wenn er es möchte, hat ein Leser unendlich Zeit, sich in das Leben der Figuren einzumischen.

> *Oh, ich komm in ihrem Buch vor, aber nur in schrulligen Situationen.*
>
> Mutter einer Schriftstellerin

> *Jetzt, wo ihr alle erwachsen seid, habe ich niemanden mehr, dem ich Pfannkuchen machen kann.*
>
> Mutter einer Freundin

Alle Leute können auf eine allwissende Stimme zurückgreifen, um die Geschichten einer anderen Person zu erzählen. Es gibt jedoch eine allwissende Stimme, mit der ich nicht leben kann, und doch ist es die einzige Stimme, die alle anderen übertönt.

Schreiben ist der einzige Teil meines Lebens, den ich jenseits des Geschichtenerzählens meiner Mutter angesiedelt habe. Aber ich habe vermieden, mit einer autobiografischen Stimme zu schreiben, weil ich es nicht ertragen könnte, dass sie von der Allwissenheit meiner Mutter überschrieben würde. Ich kann mühelos alle anderen Teile meines Lebens in ihrer Erzählung sehen: meine Ehe, meine Kinder, meine Vergangenheit. So wie sie fordert, in meine Erzählung einzugehen, so verlange ich, aus ihrer herausgehalten zu werden. Es gibt keine Möglichkeit, das zu ändern; kein Happy End, nicht einmal ein Ende ist möglich.

Bei einer Lesung von zwei Schriftstellern waren auch ihre

Mütter anwesend. Ich sah, wie sich alle mit einer Ungezwungenheit verhielten, um die ich sie beneidete. Es gab viele Dinge, die ich sie hätte fragen können – wie es war, die Werke ihrer Kinder zu lesen und in ihren Büchern vorzukommen –, aber was ich wirklich wissen wollte, war: Was kochen Sie für Ihre Kinder?

Solange ich mich erinnern kann, hat meine Mutter nicht ein Essen für mich gekocht. Es ist eine Geschichte, die mit keiner Stimme richtig erzählt werden kann.

> *Nimm einen jungen Mann, feurig wie ein arabisches Pferd, lass ihn heiraten, und er ist verloren. Zuerst ist das Weib stolz, dann – schwach. Sie wird ohnmächtig, dann er, schließlich die ganze Familie.*
>
> Kierkegaard, *Entweder – Oder*

Ich las Kierkegaard, während ich vor der Schule auf meine Kinder wartete. Ich wünschte, ich könnte eine Mutter aus ihrem Auto holen und ihr die Passage zeigen. Lesen ist jedoch eine Art persönlicher Freiheit: aus der Zeit gefallen, aus dem Raum.

> *Wenn man in einer Grabinschrift einen Namen liest, fragt man sich leicht, wie es im Leben wohl mit ihm stand; man möchte in das Grab hinuntersteigen, um sich mit ihm zu unterhalten.*
>
> Kierkegaard, *Entweder – Oder*

Es ist eine Illusion, dass einem das Schreiben wie das Lesen Freiheit bringt. Früher oder später kommen Leute mit ihren Erwartungen: Manche verlangen Loyalität, andere wollen als Figuren unsterblich werden. Nur die Namen in den Grabinschriften bleiben still.

Diese Erzählungen sind so langweilig und ermüdend wie der Winter, monoton im Ton, die künstlerischen Elemente unentwirrbar verwickelt mit den medizinischen, doch nichts davon kann mich davon abhalten, die Dreistigkeit zu haben und Sie bescheiden um Ihre Erlaubnis zu bitten, Ihnen dieses kleine Buch widmen zu dürfen.

Anton Tschechow an Pjotr Tschaikowsky

Im Oktober 1889 schrieb Tschechow, noch keine dreißig Jahre alt und ziemlich am Anfang seines literarischen Schaffens, an Tschaikowsky bezüglich eines Erzählungsbands, der demnächst veröffentlicht werden sollte. Der Titel des Buchs lautete *Mürrische Menschen*.

Unter welchen Umständen können Schriftsteller und Leser Zeitgenossen werden? Tschechows Bitte war eine Geste, um eine zeitliche Trennung zu überwinden, eine Grenze zu überschreiten, damit der Name einer anderen Person bei den eigenen Worten bleibt – es ist eine nahezu ungehörige Bitte, doch das Außergewöhnliche rechtfertigt die Ungehörigkeit: Freundschaft kann nicht posthum sein.

William Trevor lesen

Im Rückblick ergibt wenig einen Sinn. Vielleicht sollten alle Geschichten so anfangen statt mit *Es-war-einmal*.

Kurz nachdem mein erstes Buch veröffentlicht worden war, bat ich eine irische Freundin, William Trevor ein Exemplar und meinen Dankesbrief zu schicken. Den Brief betrachtete ich als notwendig – ohne seine Geschichten wären meine nicht geschrieben worden. Ich wollte mich wohl verhalten, deswegen sollte der Brief kurz und höflich sein. Ein paar Monate später bekam ich eine elegant verfasste Antwort. Ich rahmte den Brief und hängte ihn in meinem Arbeitszimmer an die Wand. Das war untypisch für mich – einem Objekt Bedeutung zuschreiben heißt, sich damit verbunden fühlen. Es sollte eine Inspiration sein, sagte ich mir, von jemandem, der war, wie ich gern wäre.

Die Geschichte könnte hier zu Ende sein. Ich hätte weiterhin Trevor gelesen, wie ich Turgenjew oder Hardy gelesen habe: aus einer Distanz, die eine Voraussetzung für eine unerschrockene Beziehung ist. Aber Turgenjew und Hardy hätten nicht geschrieben und die Möglichkeit erwähnt, sich vielleicht einmal persönlich zu treffen.

Im nächsten November flog ich nach London, und ich schrieb Trevor und bat ihn, ihn besuchen zu dürfen. Eine Dreistigkeit – heute ist es mir unvorstellbar, dass ich mich so verhalten habe, da Trevor ein überaus zurückgezogen lebender Autor war. Ich selbst wäre entsetzt gewesen angesichts der Unangemessenheit dieser Bitte.

Ich bin oft ermahnt worden, Alleinsein zu meiden, obwohl mich diese Anstrengung oft mehr aufregt als das Alleinsein. Der Gedanke, aus der Welt zu verschwinden, ist ein Notausgang, den aufzugeben ich einverstanden war, als ich aus dem Krankenhaus entlassen wurde. Und wie leicht Menschen verschwinden konnten: überschrittene Grenzen, geänderte Namen, vernichtete Beweise, abgebrochene Beziehungen. Niemandem scheint das Verschwinden von Miss Havisham oder Mrs Rochester etwas auszumachen. Ein Vater verlässt im Roman von Jean Stafford eine Schusterwerkstatt und wird nie wieder gesehen. Mädchen aus *Der Traum der Roten Kammer* und *Genji Monogatari* (*Die Geschichte vom Prinzen Genji*) werden buddhistische Nonnen, wenn ihnen das Herz gebrochen wird oder sie verlassen, erniedrigt und enttäuscht werden, ihre Geschichten enden, bevor ihr Leben endet. Ein Onkel, der älteste Bruder meiner Mutter, verschwand kurz vor dem Sieg der Kommunisten über die nationalistische Armee, und ein verwaistes Mädchen, halb Hausmädchen, halb von der Familie adoptiert und als seine spätere Braut erzogen, musste mit einem anderen Mann verheiratet werden. *Die Tante in Nanxun* nannten wir sie als Kinder; kein anderer Verwandter wurde nach dem Ort bezeichnet, wo er lebte. In einem Album befanden sich Familienbilder, die sie jedes Jahr meinem Großvater geschickt hatte. Alle ihre Kinder hatten ihre bemerkenswerte Schönheit geerbt und wuchsen mühelos vor mir auf, wenn ich die Seiten umblätterte. Wir Kinder wussten nicht, dass die Tante in Nanxun oft wegen des Nicht-Erwähnbaren erwähnt wurde: ein Onkel, der an optimistischen Tagen vermutlich in Taiwan lebte, vermutlich im Kampf umgekommen war, wenn der Optimismus nicht aufrechterhalten werden konnte. (Ich erfuhr durch Belauschen eines Gesprächs zwischen meiner Mutter und meiner Tante von der Existenz dieses Onkels und seinem mutmaßlichen Schicksal. Dummerweise erzählte ich einer Schulfreundin davon, die dann die Lehrerin mittels einer Notiz von meinem Onkel in Taiwan informierte. Die Notiz wurde meiner Mutter übergeben. Die Lehrerin war ihre Kollegin, und sie war so rücksichtsvoll, das Geheimnis für sich zu behalten, dessen Bekanntwerden uns hätte schaden können, doch ich war weder der Lehrerin dankbar, noch konnte ich meiner Freundin verzeihen. Ihretwegen bekam ich eine gute Tracht Prügel.)

Vierzig Jahre später tauchte der Onkel so unerwartet wieder auf, wie er verschwunden war, in Form eines langen Briefs, der über ein Jahr unterwegs gewesen und durch viele Hände gegangen war, bevor sein Vater ihn erhielt. Nicht zu spät – mein Großvater hatte noch ein paar Monate zu leben und hoffte, den verlorenen Sohn noch einmal zu sehen, aber das Reiseverbot durch die Straße von Taiwan wurde erst zwei Jahre später aufgehoben.

Heute leben wir in einer Welt, in der alle ständig mit allen verbunden sind, uns bleibt nur der Wunsch nach Privatheit und Einsamkeit. Als in den Nachrichten über meine Probleme bei der Immigration berichtet wurde, rief mich wiederholt ein Mann, der sich Doktor S nannte, an meinem Arbeitsplatz an und bot an, mich zu heiraten, weil ich dann sofort eine Green Card bekommen würde. Einmal sagte bei einer Cocktailparty eine Frau in dem Moment, als ich den gepflegten Garten betrat, zu mir: Sie sollten wissen, dass sich meine Mutter nicht umgebracht hätte, wenn sie so erfolgreich gewesen wäre wie Sie. Bei einem Festival in East Sussex, bei dem Trevor zum letzten Mal öffentlich auftrat, sprach ihn ein Mann an und fragte, ob er einmal zum Tee bei ihm vorbeikommen könne. Dann beschrieb er Trevors Haus korrekt und in allen Einzelheiten.

Trevor hinterließ bei meinem Verleger und in meinem Hotel die Nachricht, dass ich ihn anrufen solle, sobald ich in London angekommen wäre. Er schlug ein Treffen nicht in Devon vor, wo er lebte, sondern in Bath, das für uns beide mit dem Zug leicht erreichbar war. Es war rücksichtsvoll von ihm, aber mir ging auch durch den Kopf, dass es für ihn in Bath sicherer war, sich mit einer Fremden zu treffen. Ich hätte eine der Figuren in Trevors Geschichten sein können, still und unscheinbar, doch von einer unerklärlichen Bösartigkeit. Kann eine misstrauische Person, die sich selbst mit ruchloser Vorstellungskraft seziert, überhaupt vertrauenswürdig sein?

Wie sich herausstellte, konnte ich nicht nach Bath fahren. Ich musste den ganzen Tag Interviews geben. Ich war enttäuscht, aber auch erleichtert. Externe Einflüsse entschuldigen die eigene Ambivalenz. Mein Wunsch, William Trevor zu treffen, war so stark wie die Angst, dass es tatsächlich passieren könnte – es gab keine Möglichkeit, den Argwohn loszuwerden, der begonnen hatte, mich zu quälen: Wer bist du? Was macht dich glauben, dass du harmlos bist?

Ich rief ihn an in der Hoffnung, dass auch er erleichtert war. Wir sprachen kurz über das schlechte Wetter – es regnete in London und in Devon. Er sagte, es gebe noch eine Möglichkeit, sich zu treffen: Nächstes Jahr wollten er und seine Frau nach Amerika kommen. Mit dem Schiff, sagte er, ich garantiere Ihnen, es ist die angenehmere Art zu reisen.

***

Juli 2015. Wir waren zum ersten Mal in China, seitdem mein Mann und ich amerikanische Staatsbürger geworden waren. Kurz bevor wir Baishan verließen, die Heimatstadt meines

Mannes, um nach Shanghai zu fliegen, rief meine Mutter an und sagte, dass am Morgen ihr Bruder gestorben sei.

Jahre zuvor hatte ich einen Roman geschrieben, der in dieser Stadt spielte, ohne dass ich sie vorher gesehen hatte. Baishan, *Weißer Berg,* war früher Schlammiger Fluss gewesen, benannt nach dem Fluss, der durch die Stadt floss. In den 1990er Jahren war die Stadtverwaltung der Ansicht gewesen, dass der Name von Nachteil für ihren Wohlstand wäre, und hatte sie umbenannt. Mit dem Opportunismus der Schriftstellerin hatte ich das unerwünschte Schlammiger Fluss für mich in Anspruch genommen. Mein Mann hatte für mich einen Plan der Stadt in den 1970er Jahren gezeichnet, und ich war dort den Spuren meiner Figuren gefolgt.

Als wir in die Stadt fuhren, sah ich die Brücke, auf der sich zwei meiner fiktiven Gestalten zum ersten Mal begegneten, den Fuß des Berges, an dem ein vertrauensseliger Hund vergiftet wurde, den Kühlturm des Elektrizitätswerks, in dem ein mörderischer Hausmeister wohnte, und den Fluss, standesgerecht schlammig und schnell fließend nach tagelangem Regen. Ich hatte mich gefragt, ob mir an der Stadt und ihren Bewohnern etwas auffallen würde, das ich mir während der Arbeit an dem Roman nicht vorgestellt hatte. Es fiel mir nichts auf, und das war eine Enttäuschung. Es macht mir nichts aus, dass meine Phantasie begrenzt ist; es macht mir allerdings etwas aus, dass die Welt nicht größer ist, als man sie sich vorstellt. Bis zu dem Anruf wegen des Todes meines Onkels war ich niedergeschlagen gewesen. Bitte, flehte ich meine Augen an, findet irgendetwas, das ich nicht schon kenne, aber alles in China schien immer nur zu bestätigen. Die Taxifahrer erzählten politische Witze, die ich schon zwanzig Jahre zuvor gehört hatte. Die drängelnden Menschenmassen machten mich ungeduldig, und ich stieß Leute, die sich in der Schlange vordrängelten, mit einer Aggressivität zurück, die mir sofort wieder so geläufig war wie der unhöfliche Slang, mit dem ich sie anschrie. Meine Kinder amüsierten sich wie viele Touristen aus dem Westen ständig über die unbeholfenen englischen Übersetzungen der öffentlichen Ankündigungen und Schilder, aber für mich waren es schale Witze. Nur im Internationalen Flughafen von Peking blieb ich einmal stehen aus Wertschätzung für eine Botschaft. Eine Frau auf einer Anschlagtafel fordert die Leute auf, das Leben zu genießen, und ihr Aufruf auf Chinesisch – »werfen Sie einen Blick auf das wunderbare Leben, das vor Ihnen liegt« – klingt skeptisch (oder subversiv) in der Übersetzung: *Das wunderbare Leben, das vor Ihnen lügt*.

Die erste Erzählung von William Trevor, die ich je gelesen habe, hat den Titel »Traditionen« und wurde im Dezember 2000 im *New Yorker* veröffentlicht. Die Geschichte spielt in einem irischen Internat, illustriert mit einem Gruppenfoto von jungen Dozenten in dunklen Anzügen, und hatte nichts mit meiner Realität zu tun. Ich war damals Wissenschaftlerin und unsicher, ob ich meine Promotion abschließen sollte. Mein Zweifel rührte von der Tatsache, dass ich mir mühelos vorstellen konnte, wie mein Leben verlaufen würde: der Abschluss in einem Jahr, ein paar Jahre Spezialisierung, eine sichere Stelle an einer Universität oder in der biochemischen Industrie, ein Haus und Kinder, ein Hund, weil ein in einem ordentlich gepflegten Garten herumtollender Hund für mich immer der Inbegriff des amerikanischen Lebensstils gewesen war.

Ich lieh *Der Tod des Professors* aus, Trevors neuesten Band mit Erzählungen, nachdem ich »Traditionen« gelesen hatte, und stapfte damit durch den Schnee von der Universitätsbibliothek zum Studentenwerk, wo ich mich auf ein grünes Sofa neben einem Kinosaal setzte, in dem fremdsprachige Filme jeden Abend ein kleines Publikum fanden. Diese vom Gedächtnis konservierten Fakten mögen langweilig sein, von Bedeutung nur für den, der sich an sie erinnert, doch es ist das Banale, das geheimnisvoll bleibt.

Es wäre vermessen zu behaupten, dass bei dieser ersten Begegnung eine Verbindung entstand; es ist nicht vermessen zu behaupten, dass William Trevor einen Raum in mir erschloss, von dessen Existenz ich nichts gewusst hatte – nach *Der Tod des Professors* las ich seine anderen Bücher. Ein paar Wochen später sprach ich mit meinem Doktorvater über die Möglichkeit, die Wissenschaft aufzugeben und nicht zu promovieren. Bleiben Sie bei der Wissenschaft, sagte er, Sie haben eine große Zukunft vor sich in diesem Land. Ja, sagte ich, aber ich kann mich bereits am Ende dieser Zukunft sehen. Ich weiß, dass ich es bereuen würde, wenn ich das nicht versuche.

Das, erklärte ich ihm, war, Schriftstellerin zu werden. Schreiben bedeutet eine neue Möglichkeit, die Welt zu sehen, und ich zweifelte nicht daran, als ich William Trevor las, dass ich auf seine Weise sehen wollte.

Ein paar Monate vor Trevors Amerikareise vereinbarten wir in einem Briefwechsel ein Datum für ein Treffen. Im Oktober 2007 nahm ich einen Nachtflug nach Boston, um mich mit Trevor in Cambridge zum Mittagessen zu treffen. Ich hatte ungefähr drei Stunden Zeit, weil ich abends zurückflog.

Wir sprachen über viele Dinge: eine Reise, die Trevor und seine Frau Jane im Jahr zuvor gemacht hatten, um den Steinmetz zu treffen, der ihre Grabsteine beschriften sollte; ein vor Jahrzehnten geführtes Gespräch mit seinem Vater darüber, ob er selbst Steinmetz werden sollte; eine Beerdigung, bei der gegen den Willen des Toten und der Lebenden religiöse Musik gespielt wurde; ein Gespräch mit Graham Greene, ein anderes mit V. S. Pritchett; Molly Keanes Werk und den Friedhof, auf dem sie begraben war und den ich im nächsten Jahr besuchen sollte. Irgendwann ging eine Frau in einer orangefarbenen Bluse durch den Garten des Restaurants und erregte Trevors Aufmerksamkeit. Sie habe etwas Unverständliches, erklärte er, zumindest in diesem Moment. Diese Momente gehen vorüber, sagte er, obwohl ich das Gefühl hatte, dass sie es oft nicht taten.

Nach dem Essen zeigte mir Trevor die Arbeit von Henry Moore in der Nähe seines Hotels. Ich blickte, wohin ich glaubte, dass er schaute, und ich hatte Angst. Ich könnte den sonnigen Neuengland-Nachmittag im Oktober und die Skulptur aus Bronze beschreiben, umgeben von Bäumen, die sich verfärbten, aber es wären Klischees. In Wahrheit wusste ich nicht, was ich sehen sollte.

Diese Angst taucht immer wieder auf, in Museen, Galerien, im Kino. Einmal wies mich eine Freundin darauf hin, dass sich ein Satz, der Chrysanthemen beschrieb, falsch anfühlte. Er ist nicht falsch, verteidigte ich mich und zweifelte nicht daran, dass jedes Wort richtig war. Der Satz ist nicht schlecht geschrieben, sagte sie, aber er basiert nicht auf Wahrnehmung, sondern auf ihrer Abwesenheit.

Diese Kunst des Sehens – ein Gemälde, eine Skulptur, einen Film – ist für mich schwer fassbar. In Trevors Novelle *Nights at the Alexandra*, in dem ein Kino in einer irischen Provinzstadt der Schauplatz von Liebe und Loyalität ist. Mir gefallen die Passagen in Trevors Memoiren, in denen er beschreibt, wie er Tage im Kino verbringt, die Langeweile der Jugend von den Wundern der Leinwand aufgehoben.

Ich habe mich nie wirklich für Filme interessiert. Die Kinos in Peking – Arbeiterclubs wurden sie in den 70er und frühen 80er Jahre genannt; sie nahmen ein paar hundert Personen auf – boten keine Wunder. Immer wieder wurden die Nachrichten über König Sihanouk und den Genossen Pol Pot wiederholt, und die Filme, die wir oft für die Schule sehen mussten, interessierten mich nicht so sehr wie die Leute, die in meiner Nähe saßen: eine Frau, die Sonnenblumenkerne knackte, oder ein Mann, der Tee trank und damit gurgelte. Oft wurde jemand mitten im Film herausgerufen: Eine handgeschriebene Meldung, dass Genosse So-und-So wegen eines Notfalls kommen solle, wurde auf die dunkle Säule neben der Leinwand projiziert. Diese Mitteilungen wirkten wie Rätsel, deren Auflösung ich nie erfuhr. Ich dachte mir Szenarien aus, um meine Neugier zu befriedigen. Ich wünschte oft, dass mein Name auftauchen würde.

Eine der von mir am meisten gefürchteten Verpflichtungen bei der Armee war die wöchentliche Filmvorführung, die unsere Moral heben sollte. Mit dem Mädchen, das neben mir saß, wetteiferte ich darum, wer während des Films länger schlafen konnte – ich gewann öfter. Aber meine diesbezüglichen Fähigkeiten waren nicht so bewundernswert wie die eines Mädchens in einer anderen Gruppe: Ich hatte oft gesehen, wie sie militärisch korrekt dasaß oder stand und dennoch getrost einschlief.

Die Mädchen, die tagsüber schliefen, waren Verbündete; nach dem Löschen des Lichts und vor dem Wecken traf man sie in Lagerräumen und Toiletten, wo sie englische Vokabeln paukten. Es gab auch andere Nachtwanderer. Einmal wurde ein Mädchen nachts weinend aufgefunden; schließlich wurde sie nach Hause geschickt. Einmal wurde das Mädchen, das in meinem Stockbett schlief und als eine der besten jungen Mathematikerinnen Chinas galt, nachts auf dem Weg zur Toilette von einem anderen Mädchen aufgehalten. Das Mädchen, erzählte die Mathematikerin, hatte sie um Hilfe gebeten, weil sie nachts stundenlang wach lag und versuchte, ein bekanntes mathematisches Problem zu lösen. Verrückt, sagte jemand, aber Obsessionen forderten auch Respekt. Ein zierliches Mädchen in unserer Gruppe, das gerade sechzehn geworden war, erzählte uns Geschichten aus ihrem Dorf, wo Frauen, so prompt wie Äpfel vom Baum fielen – ihre Worte –, Unkrautvernichtungsmittel und Pestizide tranken, um sich umzubringen. Das Mädchen las eine Zeitschrift für Soldaten und Unteroffiziere und strich ein paar Anzeigen an, in denen junge Frauen nach Seelenverwandten in der Armee suchten. Wollüstig, nannte sie die Frauen, sie wollen nur aus finanziellen Gründen einen Soldaten heiraten. Ich zweifelte zwar an ihrer Ansicht, ließ mich jedoch schließlich überreden – glaub mir, sagte sie, mit diesen Leuten bin ich aufgewachsen. Ich entwarf Briefe – erfand Männernamen und Ränge und kombinierte sie mit soliden Kenntnissen des militärischen Lebens – als Antwort auf die Anzeigen. Wir schickten die Briefe in Militärumschlägen ab, um sicherzustellen, dass die Antworten an unsere erfundenen Männer kämen. Wir warteten tage- und wochenlang. Kein einziger Liebesbrief fand den Weg in unsere Hände.

Als meine Mutter anrief, um mich vom Tod meines Onkels zu informieren, erzählte sie auch, dass er gegen Ende seines Lebens gewalttätig gewesen war und seine Kinder und Enkelkinder geschlagen hatte. Deine Cousins behaupten, es sei die Demenz gewesen, sagte sie, aber kann es nicht sein, dass er in Wirklichkeit Probleme im Kopf hatte?

Meine Mutter spricht auf eine Weise über Geisteskrankheit und Selbstmord, die ich beunruhigend finde. Am Tag, als ich in Peking ankam, erzählte sie, dass der Vater einer meiner Mitschülerinnen aus der Grundschule gestorben war. Als seine Frau beim Einkaufen war, erstellte er eine detaillierte Liste mit Bankkonten und Passwörtern, Rechnungen, die bezahlt oder noch zu zahlen waren, und erhängte sich. Erinnerst du dich an ihn?, fragte meine Mutter. Ja, sagte ich. Er sang im Rentnerchor, sagte meine Mutter, ein guter Tenor. Und er wirkte zufrieden, sagte sie, warum hat er es getan? Ich erwiderte etwas Vages, weil ich die Antwort nicht wusste. Meine Mutter fragte mich, ob sie mir vom Tod unserer früheren Nachbarin, Frau Xiao, erzählt hatte. Ich bejahte, aber das hielt sie nicht davon ab, es noch einmal zu erzählen: Die alte Frau war im Jahr zuvor aus dem achten Stock ihres Wohnblocks gesprungen. Höflich, distanziert, elegant gekleidet, als die meisten Frauen nur graue oder blaue Mao-Jacken trugen, war die Frau eine der reizendsten Personen gewesen, die ich in meiner Kindheit gekannt hatte. Sie hatte sich geweigert, am Nachbarschaftsklatsch teilzunehmen (was sie zu einem leichten Ziel machte); sie hatte sich nie in meine Angelegenheiten oder die eines anderen Kindes eingemischt.

Als ich aufwuchs, ist meine Familie kein einziges Mal gemeinsam verreist. In dem Sommer, als ich sieben war, holte mein Onkel, der vier Stunden mit dem Zug von Peking entfernt lebte, meine Schwester und mich ab und nahm uns mit zu sich nach Hause. Es war meine erste Zugfahrt und mein erster Besuch in einer anderen Stadt. Vielleicht hat sein Tod meine Erinnerung verändert, aber die zwei Wochen, die ich bei ihm verbrachte, gehören zu den glücklichsten Zeiten meiner Kindheit. Im Nachhinein weiß ich, dass es ein schwieriger Sommer für seine Familie gewesen ist. Unser ältester Cousin hatte die Aufnahmeprüfung für die Universität abgelegt und als Drittbester in seiner Provinz abgeschnitten, aber weil er als Folge von Kinderlähmung auffällig hinkte, wollte ihn keine Universität aufnehmen. Er war still. Dennoch fuhr er uns durch die Stadt wie ein pflichtbewusster Gastgeber: vier Kinder auf einem Fahrrad – einem robusten, für landwirtschaftliche Nutzung verstärkten Rad. Wir – meine Schwester und ich und unsere anderen beiden Cousins – winkten den Leuten zu, als wären wir eine Akrobatentruppe.

Mein Onkel spielte jeden Abend stundenlang auf dem Harmonium. Ich habe nicht wirklich ein Ohr für Musik, aber ich war wie hypnotisiert von den Pedalen, die sich auf und ab bewegten.

Als ich in die Oberschule ging, schrieb mein Onkel einen langen Brief an seine Nichten und erzählte von seinen Kränkungen. Er war sechs, als die Japaner seine Heimatstadt besetzten, und als meine Großeltern hastig flohen, wurde er zurückgelassen (falsch – sagten meine Mutter und meine Tante; die richtige Version sei, dass mein Onkel mit dem Sohn eines Dienstboten spielte und sich weigerte, mitzukommen, und sagte, er würde für ein paar Tage ins Haus seines Großvaters gehen – aber sein Großvater wurde bald von Japanern umgebracht, und aus ein paar Tagen wurden ein paar Monate). Seine Eltern, schrieb er in dem Brief, hatten ihn nie geliebt, und als Teenager zwang man ihm eine Zukunft in der Armee auf (falsch – sagten meine Mutter und meine Tante –; es sei sein großer Bruder, ein Offizier in der nationalistischen Armee, gewesen, der ihm dabei half, sich als Kadett zu verpflichten). Beide Brüder kämpften im Bürgerkrieg gegen die Kommunisten, doch einem von ihnen gelang es, über die Straße von Taiwan zu flüchten, während der Onkel, der das Schiff verpasste, durch Arbeit reformiert wurde. Schließlich wurde er

Musiklehrer an einer Grundschule. Zu der Zeit, als er uns den Brief schrieb, gab es noch mehr Gründe, sich wegen der Ungerechtigkeiten des Lebens zu beklagen: der Wohlstand seines älteren Bruders in Taiwan (hätte er China ebenfalls verlassen, hätte er das gleiche gute Leben haben können), sein Sohn, dessen Behinderung die Suche nach einer guten Ehefrau erschwerte, seine einzige Tochter, die ein totes Baby auf die Welt gebracht hatte. Eine Enttäuschung nach der anderen, aber habe je jemand versucht, ihn zu verstehen? Die Frage empörte meine Mutter und meine Tante. Sie entschieden, dass er wie viele vor ihm verrückt geworden war. Warum sonst hätte er solche Unwahrheiten geschrieben? Hatte er nicht schon drei Kinder, die sein Leid geerbt hatten?

In einem Interview sagte Trevor, er schreibe »aus Neugier und Verwirrung«. Was keinen Sinn ergibt, ist wichtig. Was hatte meinen Onkel motiviert, diesen Brief zu schreiben, auf den er sich eine Antwort erhoffte, die er jedoch nie erhielt. Ist es Faszination oder Zuneigung, die meine Mutter veranlasst, Gespräche mit der Nachricht von jemandes Selbstmord zu beginnen, ist es egoistisch von mir, kühl darauf zu reagieren, als wären es unbedeutende Geschichten? Warum war Trevor einverstanden, sich mit mir zu treffen? Warum war das Mittagessen mit Trevor nicht nur eine höfliche Begegnung, bei der Dankbarkeit angemessen zum Ausdruck gebracht und angenommen wurde? Komm und besuch uns bald, sagte er und erzählte von dem Garten, den ich sehen sollte. Am Eingang zur U-Bahn drehte sich der Mann um, der hinter mir stand, und schaute zu Jane und Trevor, die winkten, bis uns die Rolltreppe nach unten gebracht hatte. Ein Abschied, nicht wahr?, sagte der Mann, und ich sagte, ja, ein Abschied. In den folgenden Jahren gab es weitere Abschiede, am Bahnhof von

Exeter, an der Victoria Station in London, im sonnigen Garten eines Restaurants in Devon. Bei jedem Abschied wird eine Frage nicht gestellt: Werde ich dich wiedersehen?

Nur wenn man sich auf die Abwesenheit einer Person vorbereitet, kann man sich in ihrer Anwesenheit wohlfühlen. Ich begreife allmählich, dass eine Einzelgängerin keine Person ist, für die eine Beziehung zu einer anderen Person unerreichbar oder bedeutungslos ist, sondern jemand, der das Gefühl hat, er muss sich von anderen fernhalten, weil eine Beziehung ein Leiden oder schlimmer noch eine Sucht ist. Bis ich Trevor kennenlernte, hatte ich nie daran gedacht zu fragen: *Werde ich dich wiedersehen?* Eine Antwort, an die ich felsenfest glaubte, hatte verhindert, dass ich sie stellte: *Vielleicht werde ich dich nicht wiedersehen, und wenn es so ist, auf Wiedersehen für jetzt und auf Wiedersehen für immer.*

Denkst du über deine Figuren nach, nachdem du deine Bücher beendet hast?, fragte ich Trevor beim nächsten Treffen, als er mich vom Bahnhof zu seinem Haus fuhr.

Ja, sagte er. Ich lese die Bücher nicht noch einmal, aber ich erinnere mich an die Figuren. Und manchmal tun sie mir noch leid. Und du?

Ich erinnere mich an deine Figuren, und manchmal tun sie auch mir noch leid, sagte ich.

Er sah mich an. Nein, ich meinte, denkst du über deine Figuren nach? Tun sie dir leid?

Ich wusste, dass er danach gefragt hatte, aber zuzugeben, dass mich Figuren, die verabschiedet waren, noch als Geisel hielten, erschien mir albern.

Es war Frühlingsbeginn – Februar, aber warm und sonnig –, und in dem Garten blühten schon ein paar Blumen. Mittags platzierte mich Trevor an der Seite des Tisches, von der ich durch das Fenster die Blumen draußen sehen konnte. Er setzte sich, stand wieder auf und zog nahezu unmerklich am Vorhang. So konnte ich in den Garten schauen, erklärte er, ohne dass mich die Sonne blendete.

Manchmal fragen mich Leute, was sie lesen sollen, wenn sie William Trevor lesen wollen. Etwas über Trevors Werk zu sagen heißt, auch über Erinnerungen zu sprechen. Da ist »Die Frauen des Klavierstimmers«: Ich muss sie fünfzigmal gelesen haben, und der Schmerz – die Figuren mit Grausamkeiten kämpfen zu sehen, die sie sich nicht zugetraut hätten – wird durch die Vertrautheit mit jeder Zeile nicht geringer. Da ist *Nights at the Alexandra*, das oft mit mir gereist ist. In einer U-Bahn in New York beobachtete ich einmal eine Frau mittleren Alters und ein Mädchen, nicht älter als zwölf oder dreizehn, den Kopf an die Schulter der älteren Frau gelehnt, die ihr über die Innenseite des Oberschenkels strich. Ich konnte nicht entscheiden, ob sie Mutter und Tochter waren oder ein Liebespaar. Es nicht zu wissen, beunruhigte mich ebenso sehr wie beide Möglichkeiten. Später im Hotel schrieb ich die ersten Absätze einer Novelle, ohne mich zu fragen, warum es möglich, ja, notwendig war, dass die Erzählerin, eine Frau mittleren Alters, die allein in Peking lebt, ihre Geschichte mit denselben Sätzen beginnt, die auch der Erzähler in Trevors Novelle, ein älterer Junggeselle in einer irischen Provinzstadt, benutzt. Eine zurückgezogen lebende Person spricht, nicht weil sie allein ist, sondern weil sie einsam ist; dass Trevors Erzähler sich entschließt, zur Welt zu sprechen, ermöglicht es der Frau, es ebenfalls zu tun.

Trevors Bücher – *Other People's Worlds, Toren des Glücks, Elizabeth Alone, Die Geschichte der Lucy Gault* – und viele mehr – bieten mir Zuflucht. Aber es ist schon eine Grenzüberschreitung, allein das erklären zu wollen: Da ist die Privatsphäre von Trevor, die er für sich geschaffen hat; da ist auch meine Privatsphäre – Schreiben und Leben werden oft von Erinnerungen getragen, die man nicht mit anderen teilt.

Nach seiner letzten öffentlichen Lesung – ich war deswegen nach England geflogen – erzählte Trevor Jane und mir von dem alten Mann am Ende der langen Schlange, die anstand, um Bücher signieren zu lassen. Der Mann stand nicht wegen einer Unterschrift an, sondern um Trevor zu danken. Seine Frau hatte Trevors Bücher geliebt, und als sie zu krank war, um noch selbst zu lesen, hatte er sie ihr vorgelesen. Es war eine Erzählung von Trevor gewesen, die er ihr vorlas, als sie starb.

Auch ich sollte erfahren, was es heißt, das, was man selbst geschrieben hat, mit den Augen eines sterbenden Lesers zu sehen. Eine Frau aus Kanada schrieb mir und gab Kapitel und Seite meines Buchs an, wo sie einen Satz gelesen hatte, den sie sich für immer merken würde. Ihr Gehirn sei durch die Bestrahlung angegriffen, schrieb sie, sie könne sich nicht konzentrieren, weil sie oft einschlafe, sie fühle sich allein, wolle jedoch nicht nach Gesellschaft suchen. »Ich habe lange darüber nachgedacht, und jetzt glaube ich, dass ich meine Antwort habe«, schrieb sie über den Satz. »Vielleicht werde ich nie wieder schlafen.«

Ich erinnerte mich, wie ich den Satz geschrieben hatte. Da ich in diesem Moment meinen Geist verteidigte, der den Tod als Ausweg aus dem Scheitern betrachtete, hatte ich die Grenze überschritten und über mich selbst geschrieben: *Liebe, die sich an Anstrengung maß, war die einzige Art Liebe, zu der er in der Lage war. Mit dem Scheitern, das sich ebenfalls nach Anstrengung bemaß, müsste er eines Tages Frieden schließen.*

Neulich habe ich die Briefe von Trevor wieder gelesen. Ich wünschte, es gäbe eine Möglichkeit, sie in dieses Buch aufzunehmen. Aber ich wünschte auch, es gäbe eine Möglichkeit, ihn ungenannt zu lassen wie zwei andere Freunde, die sich zwischen diesen Seiten verbergen.

Wie alt ist Ihr Baby?, fragte die junge Frau, als ich meine Seite des Krankenhauszimmers bezog, das ich mit ihr teilte. Drei Tage, sagte ich. Er hatte Fieber, als wir nach Hause kamen, und wir mussten zurück ins Krankenhaus. Wie alt ist Ihr Baby?, fragte ich. Er ist gestern einen Monat alt geworden, sagte sie, wir warten darauf, dass er fünf Pfund wiegt. Sie ging noch in die Highschool, und wenn sie nicht gerufen wurde, um ihr Kind zu stillen, lag sie im Bett und lernte. Nach der Schule besuchte sie ein Junge, der so jung war wie sie, und sie lagen beide in dem schmalen Bett, flüsterten und kicherten. Zwei Tage später stürzten die Türme des World Trade Center ein, und ich verbrachte den Tag damit, die Sondersendungen zu sehen und mein Baby zu besuchen. Als ich am Abend ins Zimmer zurückkehrte, hatten der Junge und das Mädchen den Kanal gewechselt und schauten bei leise gedrehtem Ton *Tom und Jerry* im Cartoon Network.

Als ich zum ersten Mal nach Devon fuhr, saß im Zug eine junge Frau neben mir, die die Pension beschrieb, die sie eines Tages von ihren Großeltern erben würde. Plymouth, sagte sie, als ich sie fragte, wo sich die Pension befand, und dann erzählte sie mir von ihrem Freund, der hoffte, von dem alten Paar angestellt zu werden. Ich malte mir aus, wie sie hinter dem Rücken der Großeltern flüsterten und kicherten wie die frisch gebackenen Eltern Jahre zuvor. Für Fremde hofft man leichter. Vielleicht hat das Kind in Iowa, das jetzt ein Teenager ist, noch immer ineinander verliebte Eltern; vielleicht wird aus der jungen Frau und ihrem Freund ein glückliches Paar, das die Pension führt.

Vor ein paar Jahren wollte die Frau, die auf dem Flug nach London neben mir saß, wissen, was ich las und in das Buch schrieb. Ich zeigte ihr, was ich in einer Erzählung von Bowen unterstrichen hatte, als eine Figur eine andere fragte: »Gibt es etwas, was du mir nie erzählt hast?« *Erschreckend*, hatte ich an den Rand geschrieben, und die Frau bestand darauf, dass ich dazuschrieb, für Alex – so hieß sie – ist es nicht so erschreckend.

Der Taxifahrer, der mich bei meiner letzten Reise nach Devon zum Bahnhof von Exeter fuhr, fragte mich, welches mein örtliches Gefängnis sei, Sing Sing oder Alcatraz. Alcatraz, sagte ich. Er bedauerte es, da ich nicht von seinem Verwandten gehört haben konnte, der in den 1930er Jahren in Sing Sing gesessen hatte – er hatte die Gewohnheit, bei sich zu Hause Partys zu veranstalten, bei denen Leute spurlos verschwanden.

Dank meiner irischen Schuldgefühle hat es mich an die Westküste verschlagen, sagte ein anderer Taxifahrer, diesmal in Kalifornien. Haben Sie von James Michael Curley, meinem Großonkel, gehört, der einzige Bürgermeister von Boston, der bei seiner Wahl im Gefängnis saß? Nehmen Sie meine Karte, sagte John Curley, der Taxifahrer, und bevor ich ausstieg, erinnerte er mich daran, seine Familiengeschichte zu recherchieren, was ich pflichtschuldig tat.

Eines Morgens im Flughafen von Washington, D.C., wartete ich gemeinsam mit einer anderen Frau eine halbe Stunde, bis der Schalter um fünf Uhr öffnete. Sie war eine alleinerziehende Mutter, und ihre drei Töchter waren unterwegs nach Disneyland. Sie haben alle ihre Partykleidung eingepackt und sind eine Liste durchgegangen, um alle Stecker aus den Steckdosen zu ziehen. Sie hatten Jahre für diese Reise gespart, sagte die Frau. Es ist wunderbar, mit Ihnen zu plaudern, sagte sie, als der Schalter öffnete, vielleicht sollten wir unsere E-Mail-Adressen austauschen.

Die Leute mögen es, wenn man sie nach ihrem Leben fragt. Manchmal brauchen sie nur jemanden, der zuhört – es gibt keine ungefährlichere Weise, in der Welt zu sein, bis einen das Zuhören unfreiwillig zu einem Teil einer Geschichte macht. »Ich weiß nicht, wie viel Zeit mir noch bleibt. Wollen Sie sich mit mir treffen, vielleicht sind Sie an meiner Geschichte interessiert«, schrieb mir eine krebskranke Frau. Ich hatte geglaubt, dass es unmöglich ist, einer sterbenden Person einen Wunsch zu verwehren, bis die Frau wieder schrieb, und zwar, dass sie »vom Serienmörder Dr. Hannibal Lecter inspiriert wurde, Psychiaterin zu werden. Hatte selbstmörderische und mörderische Gedanken. Musste ständig damit kämpfen, gut und böse zu sein. Habe all die Jahre nach Glück gestrebt und es nicht gefunden. Wünsche mir ziemlich oft, ich könnte auf einen Knopf drücken, um die gesamte Menschheit auszulöschen.«

Du musst dich schützen, warnte eine Freundin. Um zu schreiben, muss man Schutz auf ganz fundamentale Weise aufgeben.

Ich habe keine Person vergessen, die je in mein Leben getreten ist, und vielleicht habe ich deswegen keine andere Wahl, denn als Einzelgängerin zu leben. Die Menschen, die ich mit mir herumtrage, haben nicht nur ihre Rationen verbraucht, sondern auch meine. Sich zu erinnern ist, was der Einzelgänger der Welt schuldet.

Mein Vater und ich pflanzten in unserem Garten Stangenbohnen, die jeden Tag höher am Bambuszaun entlangrankten und mich hoffen ließen. Am Ende des Sommers, kurz bevor wir die Bohnen ernten wollten, brach eine alte Frau aus der Nachbarschaft sie ab. Ich war wütend, als ich sie zum ersten Mal beim Stehlen erwischte, aber meine Eltern sagten, ich solle nicht wütend sein, weil sie eine Baumwolljacke für mich genäht hatte, als ich ein Baby war. Jahr für Jahr erntete die alte Frau unsere Bohnen, und jedes Mal mahnten mich meine Eltern, dankbar für die Jacke zu sein. Dann kam sie nicht mehr; sie war gestorben, und ich hatte keinen Grund mehr, wütend oder dankbar zu sein.

Als mein Großvater einmal die Gartenstraße entlangging, fühlte er sich unwohl, und ein junger Soldat half ihm. Dieser wurde bald Mitglied unserer Familie, ein adoptierter Enkel, der uns am Wochenende besuchte. Nach dem Tod meines Großvaters kam er mit seiner Braut nach Peking und wohnte eine Weile bei uns. Meine Schwester und ich liebten die Braut, die blendend aussah und gutmütig war. Ihr Mann musste die Nacht vor ihrer Abreise Schlange stehen, um Fahrkarten zu kaufen, und als er bis zum Morgen nicht zurückgekehrt war, traf ich sie weinend an. Er hatte sich natürlich nur verspätet, und sie reisten glücklich verheiratet nach Hause. Nach ihrer Abfahrt fand ich einen Schreibblock, von dem die erste Seite abgerissen war, doch anhand der durchgedrückten Schriftzeichen auf dem nächsten Blatt konnte ich lesen, was dort geschrieben stand: ein ängstlicher Monolog der Braut, die sich fragte, was seine Abwesenheit bedeutete, warum er sie in dieser Leere zurückgelassen hatte, wie die Ehe überhaupt zustande gekommen war. Jahre später las ich in einem Roman von Bowen, dass eine Figur dank des »emphatischen« Stifts ihrer Mutter eine Nachricht entziffern konnte.

Worum geht's da?, fragte mein älterer Sohn, als ich im Internet eine Militärparade in Peking sah. Feiern zum Ende des Zweiten Weltkriegs vor siebzig Jahren, sagte ich. Mein Urgroßvater ist in diesem Krieg gestorben, fuhr ich fort und bereute sofort, dass ich klang wie die Taxifahrer, für die es ganz normal gewesen war, geerbte Familiendramen feilzubieten. In welchem Jahr war das?, fragte mein Sohn. 1938, sagte ich. Das war das Ende des Gesprächs, weil ich den Tod des Mannes nicht beschreiben wollte, wie er mir beschrieben worden war: Er war Stoffhändler in einer kleinen Stadt und wurde zu Zwangsarbeit für die japanischen Armee verurteilt; er hinkte und konnte mit den anderen Arbeitern nicht mithalten und wurde kurzerhand umgebracht, sein Torso von einem Schwert aufgeschlitzt. (Ich kannte den Mann zwar nicht, dachte jedoch viel über ihn und seinen Tod nach, als ich jung war. Sein Hinken erinnerte mich an den hinkenden Cousin.)

Ich verstehe nicht, warum Trevor immer noch über den Ärger schreibt, sagte jemand in Irland einmal zu mir. Es seien alte Kamellen, und Irland habe sich weiterentwickelt. Ich muss sagen, dass Ihre Bücher meine Gefühle verletzt haben, sagte ein Leser, der im selben Wohnhof aufgewachsen war wie ich, bei einer Lesung in einer Buchhandlung. Warum müssen Sie über die Geschichte Chinas schreiben, warum können Sie mich nicht stolz darauf machen, Chinese zu sein? Aber die Grausamkeiten und Freundlichkeiten von Menschen sind keine alten Kamellen und werden es nie sein.

In der Grundschule starb der Vater eines Mädchens plötzlich an einer Krankheit. Am nächsten Morgen war ich an der Reihe, eine Hälfte des Schulhofs zu fegen, und sah zu, wie sie ihren Teil fegte. (Mir kam nicht in den Sinn zu fragen, warum das Fegen wichtiger war als der Tod eines Vaters, oder anzubieten, auch ihre Hälfte zu fegen.) Sie weinte, ihre Tränen fielen auf einen Haufen Laub. Die ganze Zeit quälte mich eine triste Sorge: Sie war das zweite pummelige Mädchen in der Klasse, und von jetzt an würden sie auch die gemeinsten Jungen in Ruhe lassen, und ich wäre das einzige pummelige Mädchen, über das sie herzogen. Die Albernheit meiner Sorge erkannte ich nicht; Kinder tun das nur selten. Aber ich erinnere mich an einen zweiten Gedanken, während ich ihr zusah: Zumindest hatte sie einen Grund zu weinen, und die Leute würden sie verstehen.

Habe ich dir erzählt, dass Lehrer Sun gestorben ist?, fragte mich meine Mutter. Niemand wird ihn vermissen, sagte sie. Zehn Jahre war er bettlägerig, und niemandem hat er leidgetan. Sie klang nicht boshaft. Der tote Mann, mein Mathe-Lehrer in der fünften Klasse, war bekannt dafür gewesen, Jungen in der Klasse zu schlagen und Mädchen an den falschen Stellen anzufassen. Weder Eltern noch Lehrer noch die Schulverwaltung waren eingeschritten. Er war ein gewalttätiger Mann, fähig, jedem, der ihm in den Weg kam, alles anzutun. Ein böser Mensch weniger auf der Welt, sagte meine Mutter. Komischerweise erinnerten mich ihre Worte an etwas, das zu vergessen mir fast gelungen war. Dieser Lehrer schrieb zu Beginn der Stunde eine Rechenaufgabe an die Tafel und wies mich an, sie zu lösen, während er durch die Gänge ging, sich gemächlich Ohren aussuchte, an denen er ziehen konnte. Wenn ich mit der Aufgabe fertig war, kam er, der inzwischen ein oder zwei Jungen Schmerzen zugefügt hatte, wieder zur Tafel. Wunderbar, sagte er. Trotz seiner nikotinfleckigen Finger und dem sauren Atem eines Rauchers und seinem sadistischen Lächeln fühlte ich mich von seiner Anerkennung nicht abgestoßen. Und dann drehte er sich und warf ein Stück Kreide auf irgendjemanden – wir alle wussten, dass er es tun würde. Du, sagte der Lehrer, ja, du, ich rede mit dir. Er starrte den Jungen mit dem Kreidefleck an. Du wirst nie die Schönheit eines Geistes verstehen. Mit diesen Worten – Schönheit eines Geistes – schickte er mich zurück auf meinen Platz.

Wenn man sie hinterfragt, sind Grausamkeit und Freundlichkeit einer Person nicht, was sie zu sein scheinen.

Letzten Sommer besuchte ich meine Eltern, die noch immer in der Wohnung in Peking lebten, in der ich aufgewachsen war. Ich sah ein Foto von mir, aufgenommen an meinem fünften Geburtstag, neben einem Foto meiner Mutter, aufgenommen, als sie sechzehn war. Es standen noch andere Familienfotos da, aber diese beiden, Jahrzehnte älter als die anderen, die Abgebildeten in jüngerem Alter als alle anderen, waren prominent platziert. Ich schreckte zurück vor diesem Schrein der Unschuld, als noch keins der Mädchen auf den Fotos großen Schaden angerichtet hatte: Meine Mutter hatte ein verträumtes Lächeln, sie war schön auf eine romantische und glamouröse Weise; ich lächelte, wie der Fotograf befohlen hatte, nicht frühreif, sondern pflichtbewusst. Was, wenn ich diese beiden Menschen nicht gekannt hätte? Ich hätte sie genauer betrachtet, meine Neugier nicht anders als meine Neugier für Fremde. Nicht besser und nicht schlechter als andere, sind auch diese beiden Toren des Glücks.

»Du bist vielleicht weniger verwirrt, als du glaubst«, schrieb mir Trevor in einem Brief. »Erzählungen sind eine Hoffnung und beantworten oft bereitwillig Fragen.«

Wer bist du?, fragte Trevor, als ich ihn im vergangenen Frühjahr sah. Es ist schon okay, sagte ich, ich wollte dich nur besuchen. Ah, wir haben uns in Boston getroffen, sagte er kurz darauf. Ja, wir haben uns in Boston getroffen, sagte ich, aber ich hätte auch sagen können: Wir sind einsame Reisende, deren Wege sich im Land der Geschichten gekreuzt haben.

Nachwort

Darüber, eine langweilige Persönlichkeit zu sein und Alternativen zu erfinden

Es gibt viele Antworten auf die Frage. Nicht jeder wird sie stellen, aber manche würden fragen, wenn wahre Neugier – der aufrichtige Wunsch zu verstehen – statt guter Manieren zugelassen wäre. Auch ich würde es tun. Ja, ich frage mich heute noch: Was hat dich auf den Gedanken gebracht, dass Selbstmord eine angemessene, sogar die einzige Option ist?

Verschiedene Hypothesen wurden von dieser oder jener Person zu diesem oder jenem Zeitpunkt aufgestellt: Gene, mangelnde mentale Stärke oder Reife, Egoismus, zufällig fehlgesteuerte Signale von Zellen – hinter diesen abstrakten Konzepten verstecken sich praktische Erklärungen. Und es gibt noch praktischere: Ich war einst ehrgeizig – oder gierig – genug, eine ausgezeichnete Mutter und Schriftstellerin sein zu wollen, während ich Vollzeit arbeitete: Nahezu zehn Jahre schrieb ich zwischen Mitternacht und vier Uhr morgens.

Hätte ich diese für mich so fundamentale Notwendigkeit aufgegeben, wenn ich gewusst hätte, was für einen Schaden sie anrichtet? Ich glaube schon, weil ich keine andere Möglichkeit sehe zu bewältigen, was ich tun wollte. In ihren Notizen zum Verfassen von Romanen betonte Elizabeth Bowen Alternativen:

> Das greifbare Vorhandensein von Alternativen macht Handeln erst interessant. Deswegen muss in jeder Figur, während er oder sie handelt, das Ziehen und Zerren von Alternativen spürbar sein … Am Ende des Romans sind die Alternativen der Figur, die zu Beginn zahlreich waren, auf null reduziert … Die »langweilige« Figur hat keine Alternativen.

Ich würde gern glauben, dass es im Leben so viele Alternativen gibt wie in der Literatur; die nicht eingeschlagenen Wege, die einst als Optionen in Betracht kamen, definieren einen ebenso sehr wie die unumkehrbare Richtung des gewählten Wegs. Was wäre aus dir geworden, hättest du China nicht verlassen?, fragt eine Freundin. Was wäre aus dir geworden, wärst du nicht in Iowa City gelandet oder wärst du Wissenschaftlerin geblieben? Ich kann keine Alternativen bieten, nur Negative. Ich hätte mich nicht für Englisch als meine Sprache entschieden; ich hätte nicht erfahren, dass es Schulen gibt, um Schreiben zu lernen; ich wäre nicht Schriftstellerin geworden.

Aber was wäre aus mir geworden? Wenn die Freundin eine ähnliche Frage zu einer fiktiven Figur stellen würde – wie hätte sie gelebt, wenn sie nicht emigriert wäre? –, hätte ich keine Probleme, sie in Peking vor mir zu sehen: die Überführung, über die sie tagtäglich zur Bushaltestelle geht; die verkrüppelten Bettler, denen sie kein Geld mehr gibt, weil sie endlich die Kunst gelernt hat, nicht hinzuschauen; der Taxifahrer, mit dem sie halbherzig spricht, weil er wie alle Taxifahrer in Peking gern über die Regierung spottet; die vielen Schlüssel an ihrem Schlüsselbund – einen für den hölzernen Kasten neben der Wohnungstür, in dem jeden Tag die frische Milch für ihr Kind abgestellt wird (ihr Kind würde aufwachsen, ohne zu erfahren, wie viel Freude es macht, jeden Abend auf Umwegen zur Milchstation zu gehen), einen anderen für den Briefkasten (Jahre zuvor wurden alle Briefe für das Haus in einen einzigen grünen Kasten gestopft, eine Verlockung, weil sie immer nachsehen konnten, wer die Glücklichen waren, die Post bekamen); Schlüssel für die Wohnung, das Büro, das Auto und das Sicherheitstor – zu viele Schlüssel, die Privilegien und Verantwortung repräsentierten. In meinem chinesischen Leben hatte ich nur einen denkwürdigen Schlüssel aus Bronze – die Sorte, wie man sie in jedem amerikanischen Antiquitätengeschäft findet –, so lang wie die gesamte Handfläche, den ich an einer blauen Plastikschnur um den Hals trug.

Dass diese Figur Peking verlassen hat ändert nichts an der Tatsache, dass es dort einen Raum für sie gibt. Sie mag sich weigern, ihn auszufüllen, aber er kann nicht von anderen eingenommen werden. Das Ruderboot auf dem See des Sommerpalastes, das sie für einen Nachmittag hätte mieten können, bleibt leer, die Ruder reglos in den Dollen. Der Briefträger, sein nicht mehr so voller grüner Postsack an der Querstange seines Fahrrads befestigt, wird ein Bein auf den Bordstein abstellen, wenn er die Post sortiert, doch sie wird nicht da sein, um mit ihm zu sprechen. Für ein Klassentreffen wird ein altes kleines Foto von ihr gescannt und vergrößert, weil sie nicht teilnehmen will und auch kein neues Foto schickt, um ihre Abwesenheit zu entschuldigen.

Warum willst du nicht eingestehen, dass du diese Person sein könntest – höre ich meine Freundin fragen –, ja, bist du nicht diese Person? Ich glaube, die Antwort ist, dass ich kein Selbst will, das sich selbst beobachtet und sich Alternativen für sich überlegt. Man riskiert, in der Fiktion seine Privatheit zu verlieren, und nicht-autobiografisch zu schreiben verringert diese Gefahr. Ich kann unmöglich eine meiner Figuren sein; sie haben Alternativen, die ich nicht habe. Und doch macht es mir nichts aus, ihren Verlust an Alternativen neben ihnen mitzuerleben. In einer geborgten Welt lebt man gefühlvoller.

Machst du dir keine Sorgen, dass du deine Privatheit in diesen Essays verlierst, höre ich meine Freundin fragen, aber die Privatheit, an die ich mich klammere, hat sehr wenig mit anderen Leuten zu tun. Einmal sah ich ein Vorschulkind, den Spielgefährten meines Sohns, eine Fähigkeit unter Beweis stellen. Ihm war ein kleines Unglück zugestoßen, und ohne zu jammern oder zu weinen, wurde er vollkommen reglos; seine graublauen Augen wurden leblos. Nie zuvor hatte ich aus solcher Nähe gesehen, wie ein Gehirn vorsätzlich abschaltete. Es dauerte ein paar Sekunden, bis der Blick nicht mehr panisch, sondern glasig war, und ich spürte die unerschütterliche kindliche Entschlossenheit, sich zu verabsentieren. Wenn man diese Art zu verschwinden ein Leben lang übt, entwickelt man den Glauben – die Illusion –, dass man unbeobachtet existieren kann.

Man kann als Schriftsteller nicht versiert über das eigene Leben schreiben; ebenso wenig kann man ein scharfsichtiger Leser der eigenen Geschichte sein. Ich vermute oft, dass die interessantesten Personen unter uns, die nicht mit dem Werkzeug des Schriftstellers ausgestattet sind, um Plots zu erfinden und das Tempo zu steuern, allwissend zu sprechen oder einen unpassenden Standpunkt aufzugeben, die Linearität der Zeit anzupassen und disparate Momente zu verbinden, langweiliger sind als die langweiligsten Figuren in einem Roman. Nicht nur haben wir keine Alternativen, wir diskreditieren sie zudem. *Es muss so sein* – diese unerschütterliche Überzeugung bildet oft das Fundament unserer Entscheidungen, auch der impulsivsten und katastrophalsten. Es ist einfacher, sich einer Sache sicher zu sein, als sich Hunderter unsicher zu sein; es gibt leichter ein *ist* als viele *hätte sein können*.

Sie sollten für den Rest Ihres Lebens jeden Tag sehr gut aufpassen, sagte ein Arzt. Warum?, fragte ich. (Ich dachte unwillkürlich, wie schlecht diese Zeile klang – jeden Tag für den Rest Ihres Lebens. So eine Absolutheit. In der Literatur sollte keine Figur diesen Satz sprechen dürfen.) Dinge können sich langsam aufbauen, sagte der Arzt, wenn Sie es bemerken, haben Sie bereits den festen Boden unter den Füßen verloren. Was soll ich tun?, fragte ich. Der Arzt erwiderte, dass ich immer Medikamente nehmen solle. Ich verstand das als: Es gibt nichts, was ich tun kann.

Muss es so sein?, frage ich mich oft.

Ich habe mit gemischten Gefühlen und widersprüchlichen Motiven begonnen, diese Essays zu schreiben. Ich wollte sowohl gegen den Selbstmord argumentieren als auch dafür, was so viel heißt wie: Ich wollte die Option des Selbstmords behalten und zugleich, dass sie mir für immer genommen wird. Ich schreibe jetzt zwei Jahre an diesem Buch, so lange wie die Zeitspanne, die dazu geführt hat: ein Jahr, in dem ich in die dunkelste Verzweiflung abrutschte, und ein Jahr, in dem ich in dieser Verzweiflung gefangen war. Die Trostlosigkeit, die mit ein paar allgemeinen Begriffen – Selbstmordversuche, Krankenhausaufenthalte – zusammengefasst werden kann, war so absolut, dass sie kaum Licht auf die Dinge wirft. Ein vernünftiges Ziel ist es, sie zu vermeiden.

In diesen letzten paar Jahren habe ich gelernt, dass ein kleiner Fehltritt innerhalb von Stunden, manchmal Minuten zu einem Zusammenbruch führen kann. Weisheit oder geistige Stärke sind es nicht, die fehlen, wenn so etwas passiert. Anzuerkennen, dass es kein Versagen ist, lindert den Schmerz nicht. Der schwierige Moment ist nicht, wenn man aufgibt – aufzugeben bringt im Gegenteil Gewissheit, Erleichterung und Frieden –, sondern danach, wenn sich das Muster wiederholt. Warum?, fragt man sich wieder und wieder und wieder, aber zu fragen heißt, das Unveränderliche zu konfrontieren. Man kann nur akzeptieren, dass Zellen schneller und weniger geregelt signalisieren, als die Logik arbeitet. Die wenigen Sekunden, bevor die Augen des Jungen leer wurden: In dieser Lücke zwischen Klarheit und Konfusion kämpft der Geist, ausgestattet mit dem Instinkt zur Selbsterhaltung, gegen sich selbst. Diese Lücke gehört mir. Zu schreiben ist mein Weg, sie zu beschützen, wenn auch nicht immer wirkungsvoll. Aus dieser Lücke heraus zu schreiben – dieses Buch –, ist das Experiment, einen Waffenstillstand mit dem zu vereinbaren, was nicht geändert werden kann.

Die ersten Entwürfe schrieb ich, als es anfing, unerträglich zu sein. Einen Satz zu schreiben, ist besser, als keinen Satz zu schreiben; eine heimtückischen Überlegungen abgerungene Stunde ist eine gewonnene Stunde; dem Faden eines Gedankens bis zum Ende zu folgen, ist besser, als viele Gedanken sich verwirren zu lassen. In gewissem Sinn wird das Niederschreiben der Gedanken zum Bemühen, ein Warnsignal zu entdecken, bevor es auftritt. In manchen Augenblicken muss ich klingen, als würde ich gegen die Hoffnung und das Glück argumentieren, gegen andere und mich selbst, doch jede Bindung, selbst zur trügerischsten Idee, ist ein Anker, wo kein Boden unter den Füßen mehr gespürt wird.

In der englischsprachigen Ausgabe von Montaignes Essays sind alle Absätze mit einem Buchstaben (A, B und C) markiert, die auf die verschiedenen Zeiten hinweisen, als er sie verfasste – er kehrte oft zum selben Essay zurück und arbeitete weiter daran. Ohne diese Markierungen könnte ein Leser »ihn als unverantwortlich inkonsistent abschreiben«, erklärt sein Übersetzer Donald Frame, da die Essays »als Aufzeichnungen von Veränderung gedacht sind«.

Es wäre vermessen, würde auch ich meine Aufsätze ähnlich kennzeichnen, doch die zwei Jahre, die ich daran geschrieben habe, waren voller Ambiguitäten. Sätze und Absätze wurden geschrieben und unter anderen Umständen neu geschrieben, Argumente wurden neu ausgerichtet, Gedanken revidiert; für die meisten Essays brauchte ich ein Jahr oder länger. Mein Streben galt nicht Kohärenz und Widerspruchsfreiheit.

Es gibt keine Leiter hinaus aus irgendeiner Welt; jede Welt ist randlos – schreibt meine Freundin Amy Leach. Nach einer Leiter suche ich nicht mehr. Vielmehr möchte ich eines Tages zu mir sagen können: Lieber Freund, wir haben gewartet, bis es vorbei war.

Eine unvollständige Literaturliste

Jane Austen, *Anne Elliot oder die Kunst der Überredung*, München 2016.

Jane Austen, *Verstand und Gefühl*, München 2012.

Elizabeth Bowen, *Die Fahrt in den Norden*, Frankfurt am Main 2003.

Elizabeth Bowen, *Kalte Herzen*, Frankfurt am Main 2004.

Bonnie Costello, *Marianne Moore: Selected Letters*, New York 1997.

Darién J. Davis and Oliver Marshall (Hrsg.), *Stefan und Lotte Zweigs südamerikanische Briefe: New York, Argentinien und Brasilien 1940–1942*, Berlin 2017.

Victoria Glendinning, *Elizabeth Bowen*, New York 2006.

Maxim Gorki, *Meine Kindheit/Unter fremden Menschen/Meine Universitäten: Autobiographische Romane*, Ostfildern 1998.

Graham Greene, *Fluchtwege*, Hamburg/Wien 1981.

Graham Greene, *Monsignore Quijote*, Hamburg/Wien 1982.

Thomas Hardy, *Der Bürgermeister von Casterbridge: Leben und Tod eines Mannes von Charakter*, Leipzig 2001.

Thomas Hardy, *Jude Fawley, der Unbekannte*, München 2018.

Thomas Hardy, *Life's Little Ironies*, Knoxville 1998.

Thomas Hardy, *Tess*, München 2015.

Ernest Hemingway, *Ausgewählte Briefe 1917–1961*, Berlin/Weimar 1987.

llan Hepburn (Hrsg.), *People, Places, Things: Essays by Elizabeth Bowen*, Edinburgh 2008.

Soren Kierkegaard, *Entweder – Oder*, München 2005.

Philip Larkin (Hrsg. Anthony Thwaite), *Letters to Monica*, London 2011.

Linda Leavell, *Holding On Upside Down: The Life and Work of Marianne Moore*, New York 2013.

Katherine Mansfield, *Erzählungen und Tagebücher*, München 1990.

John McGahern, *All Will Be Well: A Memoir*, New York 2007.

John McGahern, *By the Lake*, New York 2003.

John McGahern, *Collected Stories*, New York 1994.

John McGahern, *Unter Frauen*, Göttingen 1993.

James Alan McPherson, *A Region Not Home: Reflections from Exile*, New York 2000.
James Alan McPherson, *Elbow Room*, New York 1987.
James Alan McPherson, *Hue and Cry: Stories*, New York 2001.
Michael Millgate (Hrsg.), *Letters of Emma & Florence Hardy*, New York 1996.
Michel de Montaigne, *Die Essais*, Stuttgart 2003.
Marianne Moore, *Complete Poems*, New York 1994.
Vladimir Nabokov, *Deutliche Worte: Interviews, Leserbriefe, Aufsätze*, Reinbek 1993.
V. S. Pritchett, *The Gentle Barbarian: The Work and Life of Turgenev*, London 2012.
Romain Rolland, *Johann Christof*, München 1977.
Leonard Schapiro, *Turgenev: His Life and Times*, Cambridge 1982.
Seneca, *Letters from a Stoic*, New York 2014.
Leo Tolstoi, *Krieg und Frieden*, München 2011.
Anton Tschechow, *Briefe 1877–1904*, Zürich 1998.
Anton Tschechow, *Werke*, München 2009.
Iwan Turgenjew, *Aufzeichnungen eines Jägers*, Zürich 2007.
Iwan Turgenjew, *Erzählungen 1857–1883: Gedichte in Prosa*, München 1967.
Iwan Turgenjew, *Frühlingsfluten*, Leipzig 2005.
Iwan Turgenjew, *Gesammelte Werke in 10 Bänden*, Berlin 1994.
Stefan Zweig, *Brief einer Unbekannten*, Frankfurt am Main 1996.

Danksagung

Zutiefst dankbar bin ich Sarah Chalfant und Jin Auh, weil sie für mich und meine Bücher alles sind: Freunde, Leser und Fürsprecher. Ich möchte der Wylie Agency danken, besonders Charles Buchan und Jacqueline Ko für ihren unermüdlichen Einsatz für mich.

Wie immer danke ich Kate Medina für ihr Vertrauen in meine Bücher. Dank an Simon Prosser für seine Einsichten und Genauigkeit.

Ich danke Freunden, deren Unterstützung unerlässlich war – Mona Simpson, Elizabeth McCracken, Duchess Goldblatt, Patrick Cox, Lan Samantha Chang, Connie Brothers, Stuart Dybek, Chen Reis, Rabih Alameddine und Tom Drury.

Meine Liebe gilt meinen Eltern und meiner Schwester.

Dank an Patricia und Patrick Hughes: Ihr habt mich Dinge sehen lassen, die ich nicht verstand, und Dinge, die ich für unmöglich hielt.

Liebste Amy Leach: Wo soll ich anfangen? Trotz allen Tees in China werden wir nie gleichgültig werden – was für eine Freude, was für ein Trost, was für ein Glück, gemeinsam vernünftig und unvernünftig zu sein.

Was verankert mich im Leben? Die Frage wurde immer wieder gestellt, und die Antwort bleibt immer dieselbe: mein Mann und meine Kinder. Ihr helft mir, mich selbst ernst zu nehmen.